MIRELLA KAPA
DIE FLAMMEN DES EISES

Anesa Zimt

MIRELLA

KAPA

DIE FLAMMEN DES EISES

Bibliografische Information der Deutschen Nationalbibliothek
Die Deutsche Nationalbibliothek verzeichnet diese Publikation in der Deutschen Nationalbibliografie; detaillierte bibliografische Daten sind im Internet über *dnb. dnb.de* abrufbar.

Coverdesign: Carmen Schneider – www.covermanufaktur.art
Herstellung und Verlag:
BoD – Books on Demand, Norderstedt

ISBN: 978-3-7557-1371-5

Inhalt

Prolog

Mirella stand vor ihrer magischen Armee von Schattenkriegern, die alle gekommen waren, weil sie das noch Bösere fürchteten. Lichtkämpfern, die sie im Kampf unterstützen wollten, um die Welt vor Mr. Lostsoul zu retten. Und an der Anzahl waren es genauso viele stolzen Grauen gewesen, die Kinder von Schatten und Licht waren. Sogar einige Zauberwesen, die im Land des Lichtes lebten, waren dazugekommen, damit die Welt kein seelenloser kalter Planet wird. Zauberlebewesen wie Feen, Riesen oder Kobolde standen in den vordersten Reihen, genauso wie undefinierbare Lebewesen, die Mirella als gewöhnlicher Mensch vorher noch nie gesehen hatte.

Alle waren gekommen, um mit ihr Mr. Lostsoul aufzuhalten.

Sie dachte über ihren Vater nach, der zu ihrem Feind wurde. Der früher einmal Arthur war. Ein Mann, der seine Frau und sein Kind so sehr liebte.

Diese Liebe wurde zum Grund, warum er zu Mr. Lostsoul transformierte und die Welt für seinen Verlust bestrafen wollte.

❄ ❄ ❄

Während sie mit ihren hellblauen Augen über die Menge strich, ohne dabei wirklich jemanden zu sehen, dachte sie über ihren Vater nach. Wie hätte ihre gemeinsame Zukunft sein können, wenn ihr Großvater nicht in ihr Leben getreten wäre. Sie verfiel in Trance, ihre Gedanken überschlugen sich und die Realität vor ihr verschwamm.

Ihr Vater hatte die Welt aus Rache unter Eis und Schnee erstickt und dabei die Lebewesen ihrer Seelen bestohlen oder sterben lassen. Sie sollten genauso werden wie er.

Seelenlos.

Niemand sollte mehr Schmerz, Wut, Angst oder Hass fühlen, so wie er es damals musste. Nicht weil seine Tochter jahrelang verschwunden war und seine Frau von Schejtan getötet wurde.

Nein, korrigierte sie sich selbst. Er tat es nicht nur aus Schmerz, sondern aus Wut. Wenn die Menschen keine Gefühle mehr empfinden konnten, wenn er ihr Herz zum Stehen bringen konnte und ihrer Seelen beraubte, würden alle sterben.

Alle, die Schuld an seinem Schicksal hatten.

Das Licht und seine Bewohner, weil sie seiner Familie nicht halfen, obwohl sie wussten, dass sie in Gefahr schwebten.

Den Schatten und ihren König Schejtan - seinen Vater - Mirellas Großvater, weil sie ihm alles genommen hatten, was er liebte.

Seine Frau.

Seine Tochter.

Seine kleine Familie.

Er hatte zu dieser Zeit nicht nur sein Kind Mirella verloren, die ihr Leben ihrer Mutter Mirdessa zu verdanken hatte. Weil sie damals die offene Gefahr gespürt hatte und sie vor Schejtan versteckte. Sondern insbesondere weil Mirdessa - seine einzige Liebe vor seinen Augen getötet wurde, ohne das er etwas tun konnte. Schejtan selbst war gekommen, um seine Enkeltochter Mirella und Schwiegertochter Mirdessa umzubringen, nur um seinen Sohn wieder auf seine dunkle Seite zu ziehen. Er sollte ins Schattenreich zurückkehren. Aber durch den Hass kehrte er nicht wieder zurück. Nein, Arthur wurde zu Mr. Lostsoul, der die Welt sterben ließ, um Rachen zu nehmen.

Jetzt war er spurlos verschwunden. Wie gerne hätte sie gewusst, was aus ihrem Vater geworden ist und wo hin er gegangen ist.

Die immer lauter werdenden Jubelschreie und die in die Luft erhobenen Waffen der Mitkämpfer katapultierten Mirella zurück ins hier und jetzt.

Die Luft ist heiß und angestaut, die Sonnenstrahlen brennen erbarmungslos auf ihrer Haut. Die Sonne, nach der sie sich die ganze Zeit in den kalten Winternächten gesehnt hatte, drohte sie jetzt zu verbrennen. Ihr Blick wanderte zu Dien, der neben ihr stand und sie fest in seinen starken Armen hielt. Sie fühlte sich bei ihm sicher. Nein, nicht nur behütet. Sie fühlte sich bei ihm geliebt, verstanden, gewollt und perfekt. Seine Nähe brachte ihren Körper zum Beben. Sein Geruch umrahmt und liebkost sie. Dieser maskuline Duft markierte sie als die seine. Mein, dachte sie, als sie in seine grünen Augen eintauchte, um darin zu ertrinken. Dien drückt sie noch näher an sich und Mirella genoss seine Nähe, insbesondere weil er alle ihre

Gedanken und Sorgen dadurch vergessen ließ. Er fing ihren Blick auf und sie badete sich in seiner Aufmerksamkeit. Auch wenn die Menge um sie herum schrie, sah sie nur ihn.

❄ ❄ ❄

Als sie ihn anlächelte, schenkte er ihr ein stolzes Lächeln zurück. Seine Augen strahlten. Ein Kribbeln durchlief seinen Körper. Seine Mirella. Sie würde immer nur zu ihm gehören. Das Animalische in ihm meldete sich, als Mirellas verführerischer Geruch ihm in die Nase stieg und einnahm. Meins, dachte er. Dien drückte sie noch näher an sich, da er das Gefühl hatte, dass die anderen Männer zu nah standen. Sie sollten alle wissen, dass sie sein Mädchen war.

Sein Zuhause.

Seine Liebe.

Sie war eine zu große Versuchung für ihn gewesen. Er ließ sich von seinen Gefühlen überwältigen, drückte Mirella mit nur einer Handbewegung fest gegen seine Brust. Er senkte den Kopf und presste zärtlich seine Lippen gegen ihre. Sein Kuss war leidenschaftlich. Ihre Zungen tanzten, während die Menge unter ihnen tobte. Dien löste sich schwermütig von ihren Lippen. Nicht weit er es wollte, sondern weil er es muss.

»Ich liebe dich Mirella«, flüsterte er ihr liebevoll ins Ohr.

Mirella lächelte als Antwort. Ihr Glück war unendlich. Sie hatten gemeinsam die Welt gerettet und waren endlich frei.

Diens Augen wanderten weiter zu ihrem Ring, den er ihr geschenkt hatte und lächelte erneut. Er hob ihre Hand zu seinem Mund und küsste sie. Endlich würden sie eine gemeinsame Zukunft aufbauen können, ohne Krieg. Er drehte sie wieder neben sich und erhob ihre Hand in die Luft, als ob die weit entfernten Krieger seinen kleinen Ring durch diese Geste sehen könnten. Auch wenn nicht, würden sie wissen, dass sie ihm gehört.

Dien nahm plötzlich ein pfeifendes Geräusch war. Es durchschnitt die jubelnden Stimmen und kam immer näher. Durch die blendende Sonne konnte er nichts erkennen. Sah den kommenden Pfeil nicht oder wer sein Ziel war.

Plötzlich fiel Mirella neben ihn auf die Knie. Er hatte versagt. Sie nicht beschützen können. Mirella blutete und ein feindlicher Pfeil steckte in ihrer Brust. Mirella schrie nicht. Sie bewegte sich kaum. Starrte nur ungläubig den Pfeil an. Als Dien sich zu ihr beugte, flog ein Weiterer knapp an ihr vorbei und bohrte sich in den Felsen hinter ihr. Der zweite Pfeil zog ihre Aufmerksamkeit auf sich. Diens Gesicht erbleichte. Seine Hände erzitterten, als er ihren Körper fallen sah. Er fing sie auf und hob Mirella in seine Arme. Diens Atem stockte, als er die Pfeilspitze abbrach und den Rest herauszog.

Er spürt den Widerstand und wie der Pfeil seine Liebste nicht loslassen wollte, aber unter seiner Kraft nachgab. Wer könnte den Tod seiner Liebe wollen. Sie durfte nicht sterben. Er hielt sie fest in seinen Armen, drückte sie an seine Brust. Ihr Blut durchtränkte sein T - Shirt. Er fühlte die warme Flüssigkeit auf seinen Oberkörper. Gleichzeitig wurde ihr Körper in seinen Händen immer kälter. Machtlosigkeit und die Angst Mirella zu verlieren, überkam ihn. Sein Instinkt drängte ihn dazu, Mirella in Sicherheit zu bringen.

Jetzt.

Sofort.

Obwohl seine Wut den Mörder jagen und töten wollte. Dien musste bei ihr bleiben, auch wenn sein Blut kochte und sein Herz sich nach Rache sehnte. Mirella keuchte und Dien setzte sich in Bewegung. Er stieß dabei die besorgte Menge um sie herum weg, ohne sich zu entschuldigen, ohne jemanden auch nur anzusehen. Er ignorierte ihre Hilfeangebote, ließ niemanden in die Nähe seiner Liebsten.

Gerade eben stand sie noch da und feierte, um im nächsten Augenblick einen stechenden Schmerz in ihrer Brust zu spüren. Blut verfärbte ihr weißes Shirt. Es war zu spät. Ein Pfeil hatte ihre linke Brust durchbohrt. Der stechende Schmerz zwang sie auf die Knie, breitete sich in ihren ganzen Oberkörper aus. Mirella schrie nicht. Der Schock hatte seine Hand fest um ihre Kehle gelegt. Sie drohte in Ohnmacht zu fallen. Schwankte auf den Knien. Zwang ihre Augen auf zu bleiben, um den ungewöhnlichen Pfeil anzustarren. Während sie auf ihren Knien schwankte, hörte sie, wie eine zweite Pfeilspitze haarscharf neben ihrem Gesicht vorüber flog. Der zarte Windzug verriet ihr dabei, wie nah der Pfeil ihr gekommen war.

Wäre sie stehen geblieben, hätte dies ihren Tod bedeutet. Der zweite Pfeil bohrte sich fast vollständig in ein Stück Felsen hinter ihr. Sie drehte mit letzter Kraft ihren Kopf. Sein sichtbares Ende war außergewöhnlich schön. Genauso atemberaubend wie der Pfeil in Mirellas Brust, der inzwischen blutüberzogen war. Die Sonne brachte seine Regenbogenfarben zum tanzen, während sie Mirellas Gesicht zu verbrennen droht. Wer könnte, fragt sie sich, mit so schönen Pfeilen töten wollen, bevor sie weiter Richtung Boden fiel. Dien fing sie beschützend in seine Arme auf, bevor ihr Körper den Fußboden berührte. Sie spürte keinen körperlichen Schmerz mehr, aber ihr Herz schrie. Drohte vor Kummer seinen Dienst zu versagen, als sie seine Nähe fühlte.

Mirella wusste instinktiv in diesen kurzen Wimpernschlag, dass ihr gemeinsames Leben mit Dien ein Traum bleiben würde.

Als Mirella ihre Augen wieder aufschlug und zu sich kommt, erscheint alles noch ein wenig verschwommen. Sie blinzelt mehrmals und das Bild wurde schärfer. Sie lag in ihrem Bett. Mirella erinnerte sich plötzlich an den Schmerz in ihre Brust, der nicht mehr da war. Sie führte ihre Hand an die Stelle, wo der Pfeil sie durchbohrt hatte, um nach der Wunde zu tasten. Aber ein ungeschickt angebrachter Verband versperrte ihr den Weg. Er verrutschte bei dieser Bewegung die Schulter hinab und lag danach nur noch obligatorisch über der Verletzung, die längst verheilt war.

Mirellas Gabe als Heilerin verschaffte ihr selbst in der Bewusstlosigkeit den Vorteil, dass Gift neutralisieren zu können und die Wunde zu verschließen. Auch wenn sie etwas Zeit dafür gebraucht hatte, da sie in einem geschwächten Zustand war. Mirella hob ihren Kopf und suchte nach der Quelle des Schluchzens, welches plötzlich in ihren Ohren eindrang.

Sie erblickte Dien, der sich die Hände vor sein Gesicht hielt. Mirella streckte ihre Finger nach ihm aus und berührte ihn an der Schulter. Er sollte wissen, dass es ihr gut ging.

Dien sah sie mit verquollenen Augen besorgt an.

»Was ist passiert?«, fragte sie mit einer fast tonlosen Stimme.

»Erinnerst du dich nicht mehr?«

Seine Stimme zitterte. Er strich ihr zärtlich über den Kopf und teilte ihre roten Haare zwischen seinen Fingern. Mirella genoss seine Berührungen, die wenigen die ihnen vergönnt waren.

❄ ❄ ❄

Seine Mirella, dachte er. Immer noch faszinierte ihn diese Frau und machte ihn wahnsinnig.

So lange Zeit begehrte er sie und doch verwehrte ihnen das Schicksal ihr Glück. Er stellte sich kurz vor, wie seine Hände ihren Körper hinunterwanderten, während er süße rote Lippen küsste, welche nach Sommer schmeckten.

Dien schluckte schwer, als seine Augen ihren Körper liebkosten und immer weiter hinunterwanderten, bis sie auf den Verband stehen blieben.

In diesem Augenblick kam die Erinnerung wieder. Dien konnte es kaum ertragen, dass jemand seine Mirella töten wollte. Sie hatte Mr. Lostsoul aufgehalten und so wurde ihr gedankt. Ein Knurren entwich seinem Mund. Diens dunkle Seite überwältigte ihn. Wenn er den Mörder zu fassen bekommt, dann würde sich dieser wünschen, dass Mr. Lostsoul ihn seine Seele gestohlen hätte. Er würde ihn leiden lassen. Keiner vergriff sich an seiner Frau und kam davon. Wenn der Mörder Glück hatte, würden ihn die anderen vor ihm zu fassen bekommen. Aber weder die Königin der Grauen noch die anderen Mitstreiter hatten eine Spur, geschweige den Täter gefunden.

Es gab kein Motiv. Keinen Grund für die feige Tat. Nicht nachdem der Krieg beendet war und Mr. Lostsoul sich zurückgezogen hatte. Diens Blut kochte.

»Ich dachte . . . es wäre ein Albtraum gewesen. Einen, den nur Schejtan zu mir geschickt haben konnte, nur um mich zu quälen«, stotterte Mirella und Diens Gedanken nahmen eine neue Form an.

Er dachte über Mirellas Großvater nach. Über einen Mann, der ihre Mutter bereits vor vielen Jahren getötet hatte und auch nach ihren Leben trachtete. Aber er schloss ihn genauso schnell wieder aus. Schejtan war bösartig und darauf erpicht gewesen, seine Enkeltochter zu töten, aber nicht dumm genug, es auch vor aller Augen zu tun. Immer noch fragte sich Dien, wo sich der Schütze versteckt hatte. Warum ihn niemand gesehen hatte und warum er gerade Pfeile benutzte. Aber am meisten quälte ihn die Frage - warum?

Dien räusperte sich kurz. Zog Mirella in seine Arme und drückte sie ganz fest an sich. Er musste ihr das Gefühl geben, dass sie bei ihm sicher war.

»Leider nicht!«

Seine Lippen küssten Mirellas Haaransatz, während sie ihren Kopf in seinem Hals vergrub und tief einatmete.

»Weißt du wer es war?«, fragte sie anschließend.

»Leider nicht. Niemand weiß es. Nicht einmal das Orakel. Der Täter ist noch auf der Flucht. Ich werde ihn finden, selbst wenn ich ihn ein Leben lang suchen muss. Er wird dafür bezahlen, dass er es gewagt hatte meine Liebste anzugreifen.«

Mirella lehnte sich zurück und streichelte Dien zärtlich über das Gesicht.

»Ich liebe dich«, wisperte sie.

Dien hielt ihre Hand auf und führte sie zu seinem Mund. Ein warmer Kuss stempelte sich auf ihren Handrücken ab.

»Ich liebe dich. Du wirst immer die meine sein und ich, der deinige. Nicht einmal der Tod wird das ändern können«, flüsterte er zärtlich.

Plötzlich erblickte er etwas hinter ihr auf dem Tisch. Dien ließ ihre Hand los und griff danach. Er zeigte ihr die zwei Hälften des wunderschönen Pfeiles, der fast ihr Herz getroffen hätte. Anschließend drückte er seine Faust so fest zusammen, dass der Pfeil zu knirschen begann und zerbrach.

»Das ist das Einzige, was uns zum Täter führen kann. Und ich werde ihn finden«, schwor er.

Anschließend schleuderte er die Einzelteile des Pfeiles vor Wut auf das Bett.

Mirella schaute der hüpfenden Fiederung hinterher. Ihr Blick war wie versteinert, als ob sie eine Elster wäre, die einen funkelnden Schatz entdeckt hatte.

»Komm Mirella, du musst etwas essen. Dein Blutverlust und die benötigten Heilerkräfte haben dich viel Kraft gekostet.«

Diens Worte lenkten ihre Aufmerksamkeit wieder zu ihm. Er drückte ihr eine kleine Weintraube gegen den Mund und danach noch eine. Mirella hatte keine Chance gehabt sich zu beschweren, dass sie alleine Essen konnte. Erst als sie alles aufgegessen hatte hielt er inne und suchte nach mehr Nahrungsmittel auf dem Tisch.

»Ich bin satt und du hungerst«, sagte sie.

»Ich habe nur nach dir hunger«, antwortete er und küsst sie zärtlich.

Mirella schmeckte süß und fruchtig. Er könnte sie den ganzen Tag in seinen Armen halten und küssen.

Plötzlich öffnete sich die Tür und Safa, Diens Schwester das Orakel stand vor der Tür und räusperte sich kurz.

»Ihr müsst fliehen«, kam es aus ihren Mund herausgeschossen.

»Fliehen? Nein!«

Mirella schluckte einen dicken Kloß hinunter und sah zu Dien.

»Ihr müsst!«, schrie Safa.

»Warum? Was ist los?«, fragte Dien beunruhigt.

»Es gibt einen Aufstand. Jeder beschuldigt den anderen. Die ersten Kämpfe haben bereits stattgefunden. Aus Verbündeten wurden Feinde. Es ist hier nicht mehr sicher für euch. Ein mächtiger Feind steht euch gegenüber, der sogar meine Kräfte blockieren konnte. Ich kann nicht mehr in die Zukunft sehen, nicht wissen was geschehen wird. Wenn du Mirella liebst, wirst du sie in Sicherheit bringen.«

Das ließ sich Dien nicht zweimal sagen. Wenn er jemanden auf dieser Welt vertrauen konnte, dann war es seiner älteren Schwester.

»Was ist mit dir Safa?«, fragte Mirella.

»Ich werde mit Hubertus verschwinden, sobald ihr weg seid«

»Ich will die anderen auch in Sicherheit wissen und mich von ihnen verabschieden. Ihnen für alles Danken«, stammelte Mirella.

»Nein«, unterbrach sie Dien, »wir gehen. Jetzt.«

»Aber ... «

»Ihr müsst verschwinden. Du Mirella musst in Sicherheit gebracht werden. Wenn dir etwas passiert, dann ist diese Welt dem Untergang geweiht. Mr. Lostsoul. Ich meine Arthur würde uns alle vernichten. Geh, wenn du uns retten willst.«

Mirella nickte stumm.

»Gut. Meine Kräfte schwinden aber sie werden für einen letzten Zauberspruch reichen.«

»Safa nicht!«, schrie Dien.

Schnell zitierte Safa ihre Worte, als ob sie Angst hatte, dass sie jemand unterbrechen könnte.

»Die Nächte werden euch tarnen,
vor jeglichen Gefahren.
Der Tag wird euch mit Licht hüllen
und euch mit neuer Kraft füllen.
Versteckt vor den Augen des Feindes,
in fremden Häusern, so sei es.«

Safa und alles andere um sie herum verschwamm langsam. Nur ihre letzten Worte folgten ihnen in das Licht, was sie umhüllt.

»Seit gewarnt, dass derjenige, der den Anschlag auf Mirella geplant hatte, weiterhin alles tun wird, um diesen zu Ende zu bringen. Ihr steht unter meinen Schutzzauber ein Jahr lang und müsst keine Gefahr fürchten. Ich kann euch nicht sagen, was danach geschehen wird.«

EIN JAHR
SPÄTER

Mirella schlug langsam ihre schweren Augenlider auf. Wieder erwachte sie in eines dieser fremden Zimmer. Einem unbekannten Haus. Irgendwo in einer neuen Stadt. Diesmal roch es angenehm nach frischer Wäsche. Was bedeutet, dass dieses Zuhause bewohnt war und seine Besitzer im Urlaub waren. Der Duft im Raum erinnerte sie an spanische Orangen, die sie so gerne aß.

Das Sonnenlicht durchflutete jede Ecke ihres komfortablen Zimmers und bündelte sich am Ende in ihrem Traumfänger als Lichtstrahl. Das Lichtbündel traf auf einen schweren Kronleuchter, der über ihr schaukelte, als ob gerade eben noch jemand drauf gesessen hätte und abgesprungen war, damit sie ihn nicht sah. Als sie sich weiter umschaute, bemerkte sie einen kleinen Chronometer mit roter Umrandung. Seine Zeiger verrieten Mirella, dass es genau halb acht war. Die Sonne musste gerade erst aufgegangen sein. Sie fragte sich, wie lange noch der Schutzzauber von Diens Schwester - dem Orakel halten würde.

Ein Jahr war fast vergangen, seit Safa sie unter ihren Schutzzauber gestellt hatte. Dieser sollte sie tagsüber in ein verlassenes Haus bringen, irgendwo auf dieser Planeten, ganz nach Zufallsprinzip, um dort Schutz zu finden und neue Kraft zu tanken. Während sie bei Sonnenuntergang durch die Welt wanderten und nach Antworten suchten. Wer hatte Mirella angegriffen und warum?

In der Zeit der Flucht hatten sie es vermieden, Kontakt mit irgendjemanden aufzunehmen. Sogar wenn sie es gewollt hätten, trafen sie keine anderen Lichtbewohner. In einer Zeitspanne von fast zwölf Monaten sollten sie genauso keine Magie einsetzen, auch wenn Mirella es einmal in einem Notfall getan hatte, ohne das es Dien wusste. Sie hatten ihre gemeinsame Zeit zu zweit bekommen, aber leider nicht, wie sie es sich ersehnt hatten. Angst dominierte in ihren Alltag, die jedes andere Gefühl fast erstickte. Sie gönnten sich nur selten einen kurzen, zärtlichen Moment, der ihr Verlangen nie stillen konnte. So wie jetzt.

Dien lag neben ihr im Bett und drückte seinen Oberkörper gegen ihren Rücken. Seine Arme waren um sie geschwungen und versprachen ihr Schutz, Liebe und Sicherheit. Ihre hellblauen und müden Augen schlossen sich wie von selbst unter seinen schützenden Händen und sie glitt sanft wieder in den Schlaf.

Sie träumte jede Nacht von dem Angriff auf sie. Mirella beobachtete dabei jedes einzelne Gesicht genau. Suchte mit ihren Augen den Himmel ab, um einen Hinweis darauf zu bekommen, woher der Pfeil gekommen war oder wer ihn abgeschossen hatte. Aber immer schien es so, als ob die Pfeilspitze auf einmal aufgetaucht wäre und sich aus dem Nichts in sie hineingebohrt hatte. Vielleicht wurde er irgendwo anders abgeschossen und danach zu ihr geschickt? Aber wer könnte so einen großen Zauber durchführen und Warum? Sie sah den Pfeil nie auf sie zukommen, fühlte nur den Schmerz.

Ihre Träume spürten sich dabei immer real an. In diesen durchlebte sie ihre Erinnerungen mit jedem einzelnen Gefühl. Es gehörte zu einer ihrer Kräfte, Träume lebensecht wiederzugeben.

❄ ❄ ❄

Ob sie dabei selbst träumte oder ihr jemand einen Traum schickte, wie ihr Großvater einen schrecklichen Schattentraum, spielte dabei keine Rolle. Jede Empfindung, egal ob körperlich oder emotional waren so real wie das Leben. Sogar wenn Mirella sich einmal im Traum kniff, erwachte sie nicht. Es tat nur weh. Der Nachteil ihrer Gabe war, dass sie selbst in den realen Träumen gefangen war. Dabei konnte sie diese nicht beeinflussen, verändern oder verschönern. Im Gegensatz zu denen, die sie jemand anderen schickte. Diese Visionen formte sie, hauchte ihnen leben ein, bevor sie weggeschickt wurden, um jemanden in seinen Schlaf zu begleiten.

In diesem Traum sollte es auch nicht anders sein.

Erneut schlug Mirella schweißgebadet ihre Augen auf, war froh, aus ihren so realen Wahn entflohen zu sein. Einen Traum, die eine Wirklichkeit der Vergangenheit widerspiegelte. In ihrer bitteren Gegenwart befand sie sich immer noch im gleichen Zimmer, das so wunderbar nach spanischen Orangen roch. Nur diesmal war die Nacht angebrochen und der Mond durchflutete den Raum mit seinem Licht, ohne es bis zu ihren Traumfänger zu schaffen.

Der rot umrandete Zeitmesser zeigte ihr punkt zehn Uhr an. Wenn der morgige Tag anbricht, ist es genau ein Jahr her, seitdem sie angegriffen wurde.

Mit diesem Datum war auch die Garantie ihrer Sicherheit abgelaufen, die ihnen Safa gegeben hatte.

Niemand kannte den Besitzer dieser Pfeile oder den Grund für seine Tat. Alle waren über den Sieg und den wiedergekommenen Frühling so glücklich gewesen, dass ein Mordanschlag auf Mirella undenkbar war. Selbst ihr Großvater gab ihr eine Gnadenfrist. Er hatte seinen Thron zurückbekommen. Wahrscheinlich würde er es nie mehr wagen, Mirella anzugreifen, aus Angst, dass sein Sohn als Mr. Lostsoul erneut die Welt wieder für sich beanspruchen würde. Mirellas Tod hätte gleichzeitig zufolge, dass auch der Schatten mit ihr für immer verschwinden würde.

Mr. Lostsoul hatte bereits in der Vergangenheit gezeigt, wozu er im Stande war, wenn ihm Leid angetan wurde. Mirella, seine Tochter, war das Einzige, was ihm noch von seinem vergangenen Glück geblieben war.

❋ ❋ ❋

Mirella wurde schnell nervös, als sie bemerkte, dass Dien nicht mehr da war. Der Platz neben ihr war jetzt kalt und sie fühlte sich verlassen.

Plötzlich vernahm sie aus einer der dunklen Ecke einen tiefen Seufzer. Dieses Geräusch zog ihre ganze Aufmerksamkeit auf sich. Sie tastete mit ihren Augen die Dunkelheit ab, erkannte aber keine Umrisse eines anderen Lebewesens. Alle ihre Sorgen verschwanden und wichen einem nie enden wollenden Angstgefühl. Ein Kälteschauer kroch ihren Rücken hoch. Ihr Körper drückte sich gegen das Bett, als ob sie von schweren Ketten mit Gewichten heruntergezogen wurde. Sie will die Decke über sich werfen und unsichtbar werden, aber ihr Leib war wie gelähmt und sie konnte sich nicht bewegen. Das Hämmern ihres Herzens dröhnte in ihren Ohren so laut, dass sie Angst hatte, es könnte platzen.

Die Ungewissheit, was sich hinter dem Seufzer verstecken könnte, ließ ihre Lippen zittern. Mirella biss sich auf die Unterlippen und unterdrückte so ein Wimmern, was sie verraten könnte.

Ihre Augen wichen nicht von der Stelle, aus dem das Geräusch gekommen war. Selbst dann nicht, als sie plötzlich einen riesigen Schatten erblickte, dessen Form sie nicht bestimmen konnte.

Mirella schluckte schwer und zwang ihre Worte beherrscht aus sich heraus.

»Wer bist du? Ich habe keine Angst vor dir.«

Unerwartet hörte sie große Schritte auf sich zukommen. Dabei wurde der undeutliche Schatten immer gigantischer. Genau in dem Augenblick, als es sich direkt vor ihr ins Licht wagte, stürmte Dien durch die Tür und verjagte es.

»Es hat mich gefunden. Es war hier«, stotterte sie.

Dien sah die Angst in ihren Augen. Er lief zu ihr und schloss sie in seine Arme. Sein warmer Körper schmiegte sich an ihren. Sie presste ihren Kopf auf seine starke Brust und lauschte seinem aufgeregten Herz. Als Dien merkte, dass sie alleine im Zimmer war, beruhigte sich sein Herzschlag. In seinen Armen fühlte sie sich sicher und geliebt.

»Wenn es dich gefunden hätte, wärst du jetzt schon Tod. Du musst geträumt haben. Bestimmt war es nur ein

Albtraumgeist aus der Schattenwelt, der dich ärgern wollte.«

»Du weißt, dass es nicht stimmt. Er hätte sich im Traumfänger verfangen.«

»Nicht wenn er diesen vorher bemerkt hätte«, versuchte Dien sie zu überzeugen.

Mirella schloss ihre Augen. Egal was es war. Es war jetzt weg.

✳ ✳ ✳

Dien dachte darüber nach, ob sie wirklich jemand oder etwas besucht hatte. Aber wer könnte so einen großen Zauber, der auf ihr lag, überwinden? Mirella hatte Angst gehabt und er war nicht bei ihr gewesen, was ihn zu schaffen machte. Aber er wollte immer für sie da sein.

»Ich glaube dir. Jetzt ist es aber weg«, unterbrach er die unerträgliche Stille.

Er strich ihr liebevoll über das rötliche Haar und drückte sie noch fester an sich. Mirella sollte spüren, dass er für sie da war.

»Morgen sind wir schon wo anders, wo es dich nicht mehr finden kann!«

Dien drückte seine Nase gegen Mirellas Kopf und atmete ihren Duft tief ein. Sie roch süß, wie Honig und fühlte sich in seinen Armen nach zu Hause an. Ohne sie konnte er sich sein Leben nicht mehr vorstellen. Mirella sah zu Dien auf und ihre hellblauen Augen spiegelten Begehren. Sein Blick erwiderten ihren und strahlten seine Sehnsucht nach ihr wieder. Mirella hob ihre Hand und strich ihm sein dunkelbraunes Haar aus dem Gesicht und schwamm dabei im saphirgrün seiner Augen.

»Wahrscheinlich hast du recht. Es ist jetzt weg und du bist bei mir.«

Eine unheimliche Stille legte sich erneut über sie. Beide waren von den Strapazen der Flucht übermüdet und zermürbt gewesen.

Dien senkte seinen Kopf und schenkte Mirella einen zärtlichen Kuss, der ihr seine bedingungslose Liebe versprach. Nur mit Mühen trennte er seine Lippen von ihren und verbot sich selbst, mehr von ihr zu kosten. Sie fühlte sich nach Heimat an. Egal wo sie war, dort wollte er sein. Ihre Liebe schenkte ihm Glück.

»Komm, lass uns in die Küche gehen. Dort wartet dein Lieblingsessen auf dich«, flüsterte er ihr zärtlich ins Ohr.

Mirella löste sich zögerlich aus Diens Umarmung.

»Was würde ich ohne dich nur machen?«

Er nahm Mirella an die Hand und zog sie mit sich aus dem Bett.

Sie stand auf und ließ sich von Dien in die Küche führen. Dabei kamen sie an vielen Familienbildern der Hausbesitzer vorbei. Dien betrachtete jedes Bild ganz genau. Lächelnde Gesichter in vertrauten Umarmungen strahlten ihm entgegen. Die Kinder waren so verschieden wie ihre Eltern. Eines glich den Vater wie ein Ei dem anderen. Sein blondes Haar war gleich gelockt und himmelblaue Augen strahlten die Mutter anbetungsvoll an. Er schien seine Mutti so sehr zu lieben, wie es anscheinend auch der Vater auf den Bildern tat. Das jüngere Kind hatte die rabenschwarzen Haare seiner Mutter und ihre treuen dunkelbraunen Augen. Bewundernd blickte der kleine Junge auf fast jedem Bild zu seinem älteren Bruder.

Dieses Haus hätte ihr Zuhause sein können und vielleicht würden sie sogar mit ihren Kindern darin wohnen, dachte

Dien. Er stellte sich vor, wie ihr Nachwuchs aussehen könnte. Ob sie ihnen so gleichen würden? Oder wäre jedes Kind eine Mischung aus beiden? Ob Mirella das gleiche dachte? Falls ja, waren ihre Gedanken und Worte nicht dieselben.

»Wer ist diese Familie? Wann kommst sie wieder nach Hause«, fragte sie seufzend.

Dien hörte ihre Frage, antwortete nicht, weil er selbst die Antwort darauf nicht wusste. Kurz darauf kamen sie in die Küche.

Dien lief plötzlich ein Schauer über den Rücken. In der Küche wartete nicht nur das Lieblingsessen auf sie, sondern auch ein Fremder, der sie nicht finden durfte. Er musste ruhig bleiben und die Situation unter Kontrolle bringen. Dien war sich sicher, dass der Fremde sie längst angegriffen und getötet hätte, wenn er es gewollt hätte. Warum er gekommen war und hier auf sie wartete, würde er gleich erfahren.

Der
Seelenfänger

Plötzlich saß ein Fremder vor ihnen. Sein aschfahles Gesicht, das teilweise von längeren pechschwarzen Haaren bedeckt war, aus denen wiederum die hellgrünen Augen herausstachen, erinnerte sie an die Grauen. Aber warum sollte Dien gerade diesen Mann trauen? Als sie ihn fragend ansah, meinte sie zu erkennen, dass ihm der Gast ebenfalls fremd war wie ihr. Sicher war sie sich diesbezüglich nicht gewesen. Dien machte ein gleichgültiges Gesicht und offenbarte damit nicht, ob der uneingeladener Gast ihn bekannt war oder nicht. Wahrscheinlich wollte er den Fremden nicht verraten, was in ihm vorging.

»Setzt dich«, erklang Diens monotone Stimme.

»Wer ist das? Kennst du diesen Mann?«, fragte Mirella angespannt.

»Setzt dich und hör dir an, was er zu sagen hat.«

Mirella setzte sich vor ihren leeren Teller und starrte zu den Unbekannten. Sie versuchte sich zu erinnern, ob sie ihn nicht von irgendwo her kannte.

»Lasst uns zuerst zu Abend essen, dann können wir reden. Ich habe heute den ganzen Tag nichts gegessen und sterbe fast vor Hunger«, schlug der Fremde vor.

Mirella grunzte darauf, um ihm ihren Unmut zu zeigen. Der Unbekannte ignorierte sie und schaute arglistig zu Dien hoch, während Mirella ihren misstrauischen Blick nicht von ihm nahm. Der Fremde wusste ganz genau, dass Dien die Zeit nutze würde, um sich auf einen Kampf vorzubereiten. Genauso wie das Mirella ihn versuchen würde zu lesen, was verschenkte Mühe war.

Er war zu mächtig für sie beide zusammen gewesen, selbst wenn sie gleichzeitig angreifen würden, hätten sie nicht die geringste Chance.

Aber er war nicht ohne Grund hier gewesen.

»Mit vollem Magen redet es sich bestimmt besser. Hunger lässt oft unsere schlechten Seiten hervorstechen!«, begründete Dien seine Entscheidung, als er den Vorschlag mit einem Nicken annahm.

Mirella platzte vor Wut und empfand es als Frechheit, dass er sich selbst eingeladen hatte.

Dien deckte den Tisch für drei Personen und teilte die Spaghetti mit Krabben gerecht auf. Da sie plötzlich zu dritt waren, fiel das Mahl für alle sehr karg aus, trotzdem beschwerte sich niemand.

Während der Mahlzeit starrte Mirella stillschweigend den Fremden weiterhin gereizt an. Er blieb für sie verschlossen, ihre Kräfte noch viel zu schwach und neu, um seine Gedankenbarrikade zu durchbrechen. War er etwa der Schatten vor ihrem Bett gewesen, fragte sie sich. Auch ignorierte sie der Eindringling weiter, was sie zur Weißglut trieb.

Unbeeindruckt von Mirellas Gemütszustand unterhielt sich der Fremde ganz entspannt mit Dien über Autos und Sport.

Warum?

Was soll das Dien?

Frag ihn, was er hier will oder schmeiß ihn raus, sonst mache ich es, dachte sie.

Jählings richtete sich der Fremde nach dem Essen auf, als ob er ihre Gedanken hören konnte. Erstarrte in dieser Haltung und machte einen unheilbringenden Gesichtsausdruck.

»Nun, jetzt wollen wir uns mal darüber unterhalten, weshalb ich hier bin. Ich weiß, ich bin uneingeladen gekommen, aber ... «

Als Mirella dies hörte, machte sie ein wutverzerrtes Gesicht, sie wusste, dass ihr Dien etwas verschwiegen hatte.

»Ich dachte mir schon, dass du diesen Fremden kennst!«

Dien machte ein unbeeindrucktes Gesicht.

»Unterbreche unseren Gast bitte nicht«, herrschte sie Dien an.

Mirella war fassungslos. So kannte sie Dien nicht. Aber sie vertraute ihm und nur darum duldete sie sein Verhalten und schwieg drüber hinweg.

»Fahren sie bitte fort«, forderte Dien den Fremden auf.

»Ich bin gekommen, um mit euch zu verhandeln.«

»Verhandeln?«, höhnte Mirella.

❅ ❅ ❅

Schnell unterbrach Dien seine Liebste, bevor sie sich mit dem gefährlichsten Mann der drei Reiche - also der Menschen, - Schatten und Lichtwelt anlegte. Dien hatte etwas Zeit gebraucht, um ihn zu erkennen, aber am ende wusste er genau, wer vor ihm saß.

»Ich höre«

Blut pulsierte wild in seiner Stirn und ließ eine Vene hervortreten.

»Wer ich bin, woher ich komme oder wie ich heiße, weiß keiner. Doch durch meinen Beruf kennen mich die meisten unter den Namen Seelenfänger. Schon mal was von mir gehört? Wenn ja, dann weißt du auch bestimmt, warum ich hier bin.«

»Ich kenne dich besser, als du denkst. Du hast damals meine Mutter für die Schatten und Schejtan aufgespürt. Ich frage mich nur, warum du uns noch nicht verraten hast!«

»Jetzt kommt's, ich bin von Mirella sehr beeindruckt. Sie hatte den leblosen, ewigen Winter ihres Vaters überlebt. Die Schlacht gegen ihn, ohne ein Blutstropfen, aber dafür mit viel Geschick gewonnen und sich sogar von der Mordlust ihres Großvaters befreit. Jeder in diesem Land, egal ob Schatten oder Licht, ist ihr dafür dankbar und bewundert sie. Selbst bei den Grauen ist sie ein gefeierter Held. Sie ist die Einzige, die alle Völker vereinigt hatte. Aber meinen Auftraggeber stört das, er bezahlt mir viele Lebensjahre für ihren Tod«, fuhr der Fremde fort und ignorierte Diens vorherige Andeutung.

»Wie viele?«, fragte Dien schnaubend.

»Zehn Jahre, ein guter Preis«, dabei grinste der Seelenfänger. Strahlend weiße Zähne kamen zum Vorschein, die fehl am Platz wirkten. Sie passten nicht zu so einer bösartigen Kreatur, wie er es zu sein schien.

»Ich gebe dir zwanzig Jahre«, schrie Dien und schlug mit seiner Faust auf den Tisch.

Mirella sprang fassungslos auf.

»Nein, keinen einzigen Tag bekommt er von uns«, schrie Mirella lauter als Dien.

Der Seelenfänger schien unbeeindruckt zu sein.

»Fünfzehn Jahre würden mir auch genügen. Überlegt es euch gut. Was sind fünfzehn Jahre gegen ein ganzes Leben? Ihr seid die Ersten, denn ich so ein Angebot unterbreite und das nur, weil ich von Mirella fasziniert bin.«

»Oder weil du Angst vor mir hast?«, erwiderte sie.

»Sei nicht so respektlos, du kennst seine Macht noch gar nicht. Er heißt nicht um sonst der Seelenfänger.«

Mirella machte einen unbeeindruckten Gesichtsausdruck.

»Wir werden es uns bis morgen überlegen.« Dabei nickte Dien den Fremden zu, so freundlich, wie er es von sich selbst erzwingen konnte.

»Ich komme wieder, egal wo ihr seid. Ich werde euch finden.«

Mit diesen Worten wurde er unsichtbar und verschwand bis morgen aus ihren Leben.

Dien wusste, das der Seelenfänger wieder kommen würde. Er hatte ihr Leben bestimmt nicht aus den benannten Gründen geschont, da war er sich ziemlich sicher. Irgendetwas stimmte nicht.

Oder log der Seelenfänger und hatte sie nur zufällig getroffen, ohne das sie gejagt wurden von ihm? Vielleicht ergriff er die Chance, um sich an Diens Lebensjahren und Kräfte zu bereichern.

»Fünfzehn Jahre deines Lebens? Das ist zu viel! Wenn wir ihn ausbezahlt haben, wer wird uns dann jagen? Willst du ewig so weiter machen?«, vibrierte Mirellas Stimme vor Wut in Diens Ohren.

»Für dich würde ich sterben, da sind fünfzehn Jahre für mich gar nichts«, flüsterte Dien ihr zu, während er nach ihrer Hand griff. Er wollte sie unbedingt beruhigen.

Mirellas Atemzüge wurden ruhiger und sie setzte sich wieder zurück auf den Stuhl.

»Keine einzige Sekunde wirst du für mich hergeben, hörst du. Ich will es nicht! Außerdem traue ich ihn nicht, ich glaube, er will unsere aussichtslose Situation nur ausnutzen. Er weiß bestimmt nicht einmal, wer uns jagt«, zischte sie Dien bitterernst zu.

»Und trotzdem hat er uns gefunden! Was haben wir falsch gemacht? Wie konnte er uns aufspüren?«, er ließ Mirellas Hand los und schlug sich seine vor das Gesicht.

»Eigentlich sollte ich nur mir selbst die Schuld geben. Was habe ich falsch gemacht, es hätte dir das Leben kosten können«, danach klopfte er mit seiner geballten Faust, so fest wie er nur konnte auf den Tisch.

»Du hast nichts falsch gemacht. Außerdem kann ich gut auf mich selbst aufpassen.« Dabei fiel ihr Blick zu Boden, so als ob sie etwas vor Dien zu verbergen versuchte.

Er merkte sofort, dass mit ihr etwas nicht stimmte.

»Du hast doch nicht deine Kräfte eingesetzt? Sag mir bitte, dass du keine Spur für die anderen gelegt hast, nach dem ich ohne jegliche magische Hilfe bis jetzt ausgekommen bin. Selbst das Kochen habe ich mir beigebracht. Mirella, bitte sprich mit mir.«

Mirella hob ihren Kopf nicht hoch. Ihre Stimme war so leise, dass es den Einschein hinterließ, dass sie nicht verstanden werden wollte.

»Gestern hatte ein Mädchen vor der Tür geweint, ihr Hund wurde von einem Auto angefahren. Ich konnte ihn nicht sterben lassen, nicht wenn ich die Heilerkräfte besitze.«

»Du hast was getan?«, fragte er ungläubig.

Dien war so wütend gewesen, dass sich jeder Muskel in seinen Körper angespannt hatte.

»Ich weiß, es war ein Fehler, aber du hast so fest geschlafen, dass ich dich nicht wecken wollte. Ich wollte es dir sagen«, schluchzte Mirella bitterlich, dabei schaute sie Dien mit flehenden Augen an.

»Er hat jetzt deine Fährte aufgenommen, eigentlich müsstest du diese Gabe weiter geben, um ihn wieder loszuwerden. Ich muss mir etwas einfallen lassen oder mit fünfzehn Jahre meines Lebens bezahlen!«

Dien sprang von seinem Stuhl auf und zerrte Mirella aus dem Haus heraus und in die Nacht hinein, in einem für sie unbekannten Ort, irgendwo auf dieser Welt.

❆ ❆ ❆

Gleich nach dem sie das kleine Haus, das einsam an einem Wegrand stand, verlassen hatten, konnte Mirella erkennen, das der rechte Weg zur Stadt führte. Die Lichter zogen sie wie ein Insekt an. Der linke Weg dagegen führte in den dunklen und gespenstigen Wald hinein.

Natürlich lenkte er sie weg von der Stadt und in den düsteren Forst hinein.

Ein kalter Wind wirbelte ihre Haare durcheinander und zerrte an ihren Körper, als ob er sie daran hindern wollte, diesen Weg einzuschlagen.

Dien schien ihn nicht einmal bemerkt zu haben, er erhöhte sogar sein Tempo. Lief ohne Zögern hinein.

»Wir haben heute noch viel vor, zum Glück sind wir in Sarval, hier Leben die Scharphönixe."

„Schar was? Wer oder was ist das? Woher weißt du so genau, wo wir sind?«

Plötzlich blieb Dien abrupt am Waldanfang stehen. Mirella lief ungebremst in ihn hinein.

»Aua«, schrie sie.

»Pssst, hier müssen wir leise sein«, wisperte Dien.

»Warum bleibst du stehen?«

»Ich meine, etwas gesehen zu haben.«

»Etwas?«

»Es war ein flüchtiger Schatten, der sich im Mondlicht spiegelte.«

»Meinst du einen großen oder eher einen kleinen Schatten?«

»Er scheint weg zu sein, komm, lass uns weiter in den Wald hinein gehen.«

»Du kannst einen echt motivieren. Folgen wir der unheimlichen Gestalt. Mitten in der Nacht. An einen dunklen und gespenstigen Ort.«

»Darum sind wir ja auch hier, um den Scharphönix zu finden!«

Mirella hakte sich unter Diens Arm und schmiegte sich fest an ihn. Sein Körper war warm und schenkte ihr Trost und Sicherheit.

»Seit den wir auf der Flucht sind, waren wir uns körperlich noch nie so nah wie jetzt. Ich beneide die Familie aus diesem kleinen Häuschen«, hauchte sie Dien ins Ohr.

❄ ❄ ❄

Diens Schritte wurden kleiner, bis er stehen blieb. Er machte ein nachdenkliches Gesicht, als ob er nach den richtigen Worten suchen würde. Innerlich kämpfte er mit sich selbst, so wie er es immer in Mirellas Nähe tat. Sein

Körper signalisierte ihm auch in diesem Augenblick, was er brauchte. Mirella.

Dien liebte sie bedingungslos. Seine Seele und sein Herz gehörten ihr. Er verzehrte sich nach ihren süßen Lippen, die seinen Namen trugen. Nach ihren Körper, der ihm wärme spendete, wenn die Welt zu kalt wurde. Nach ihrer zarten Haut, dessen Duft ihn die Sinne raubte. Nach ihrer Seele, die ihm Frieden und Liebe gab. Nach ihrem Herzen, was nur für ihn schlug.

Es war ihm schwergefallen, jede Nacht neben ihr zu liegen, ohne mit ihrem Körper eins zu werden. So wie es ihre Seelen bereits waren. Die Gefahr war zu groß gewesen, um diesen körperlichen Sehnsüchten nachzugeben, auch wenn sie unter Safas Schutzzauber standen.

Dien wusste zu genau, wer einen Pfeil unbemerkt unter vielen magischen Wesen abschießen konnte, denn würde so ein kleiner Zauber nicht aufhalten können.

Er war nicht naiv, um zu glauben, dass sie in Sicherheit waren. Aber genauso wusste er, dass er Mirella ohne zu zögern mit seinem Leben schützen würde.

Er drehte sich zu ihr um und zog ihren Körper fest an seinen. Im Mondlicht strahlten ihre Augen und ein aufforderndes Lächeln schmückte ihr Gesicht.

»Ich liebe dich so sehr, dass ich mich kaum noch zurückhalten kann. Aber ich habe auch Angst, einen Fehler zu begehen, nur eine kleine Unaufmerksamkeit und es könnte dich dein Leben kosten. Ohne dich ... «

Plötzlich zogen leise Schritte Diens Aufmerksamkeit auf sich. Er verstummte und drehte den Kopf. Die Düsternis des Waldes schützte den Verfolger. Er wandte sich wieder Mirella zu und hauchte ihr ins Ohr:

»Irgendjemand beobachtet uns. Wahrscheinlich seit wir den Wald betreten haben.«

Mirellas Ausdruck wurde ernst.

»Wir müssen den Verfolger in Sicherheit wiegen. Bei einem Angriff sind wir dann in Vorteil.«

Mirella küsste Diens Hals bis zum Schlüsselbein hinab, da sie seinen Mund nicht erreichen konnte.

Dien war von dieser Geste überrascht gewesen und lachte plötzlich, was Mirella nicht schmeichelte, da sie ihn erregen wollte.

Zwei blaue Augen verdunkelten sich und funkelten ihn an.

»Es tut mir leid. Ich bin an dieser Stelle sehr kitzelig. Ich konnte mich nicht zurückhalten, auch wenn ich dir diesen Moment nicht ruinieren wollte.«

Dien dachte darüber nach, wie lange sie bereits zusammen waren und doch kaum etwas voneinander wussten.

Mirellas Gesichtsausdruck veränderte sich. Ein schelmisches Lächeln durchzog jetzt ihr Gesicht, als ob sie vorhatte seine Schwachstelle öfters zu ihren Gunsten zu nutzten.

»Das wusste ich noch gar nicht.«

»Du bist so wunderschön im Mondlicht, ich wünschte mir, dass dieser Moment nie zu Ende gehen würde mit dir.« Zärtlich strich seine Hand über Mirellas Wange.

Mirella schaute ihn sehnsüchtig an. Er sah ihr zu, wie sie sich auf die Unterlippen biss. Beide wussten zu genau, was sie wollten, aber in diesem Augenblick nicht haben konnten. Trotzdem erhob sie sich auf ihre Zehenspitzen. Wartete.

Seine Lippen berührten ihre, als es plötzlich raschelte. Leise, aber laut genug, um die Liebkosung zu unterbrechen.

Nervös griff Dien nach Mirellas Hand. Da war wieder diese kleine Ablenkung, die sie mit ihren Leben hätte vielleicht bezahlen müssen. Er wusste, dass sie jemand beobachtete und trotzdem hat er sich von ihren Lippen nicht abwenden können. Süßer Geschmack breitete sich immer noch in seinem Mund aus, obwohl der Kuss zärtlich war. Seine Hände waren bereits über ihren Körper gewandert und alles um sie herum innerhalb eines Wimpernschlages vergessen gewesen. Jegliche Vernunft oder warnender Gedanke war wie ausgelöscht und seinem Verlangen gewichen. Gebe es dieses Rascheln nicht, hätten er seinem Verlangen nachgegeben. Dien hätte sie für sich beansprucht, auch wenn ihr Herz - ihre Seele ihm bereits gehörten.

Dien musste sich so oft damit quälen, dass er ihr näher sein wollte, aber es nicht durfte. Nicht solange ihr Leben in Gefahr war.

Stillschweigen trennte er sich von ihren Körper, auch wenn er vor Begehren bebte. Er spürte unter seinen Händen, wie Mirellas Leib sich anspannte und ihre Augen Sehnsucht widerspiegelten. Doch Dien blieb hart und sie schwieg als Antwort. Auch sie musste das Geräusch gehört haben, selbst wenn sie es zu ignorieren versuchte, konnte er es nicht.

Wortlos führten sie ihren Weg in den immer dunkler werdenden Wald fort, während sie voneinander träumten.

Dien durfte nicht zurückweichen, nicht zurückgehen in das sichere Haus, wenn hier die Antwort auf seinen Fragen lag.

Genau im Zentrum des Waldes, wo es am dunkelsten wurde, erblickten sie zwei große neongelbe Augen, die sie ununterbrochen anstarrten. War dies ihr Verfolger? War jetzt die Zeit gekommen, dass er sich zeigte? Oder gab es noch jemanden, dessen Aufmerksamkeit sie auf sich gezogen hatten? Ihre Beine erstarrten und sie konnten keinen weiteren Schritt nach vorne oder nach hinten mehr gehen. Dien zog Mirella beschützend näher an sich.

Scharphönix

Um größer und stärker zu wirken, blähte Dien seine Brust auf und starrte mit einen kalten Blick in die Dunkelheit zurück. Trotzte den glühenden gelben Augen. Er drückte sie fest an sich. Mirella konnte sehen, dass er bereit war, für seine Liebste mit einem Ungeheuer zu kämpfen.

»Wer bist du? Was willst du von uns?«, stellte sich Dien der Kreatur.

»Ich bin der, den du suchst. Und der, den du brauchst. Ich beobachte euch, seid ihr in meine Stadt gekommen seit. Habe ich dich nicht zu mir gerufen und du bist meinem Ruf gefolgt? Woher solltest du auch wissen, wo ich lebe und wer ich bin, wenn nicht ich es dir selbst heute Nacht verraten hätte. Ich habe dir dieses Wissen ganz tief in dein Unterbewusstsein gepflanzt, nur mithilfe meines Willens«, erklang als Antwort eine donnernde Stimme.

»Ich weiß es also von dir, weil du es so wolltest? Trotzdem behauptest du, dass ich dich brauche? Warum sind wir hier? Wie könntest du uns helfen?« ,fragte Dien.

Die mächtige Gestalt trat hervor und zeigte sich im schimmernden blauen Mondlicht mit fletschenden langen Zähnen. Die riesigen Tannen warfen einen Schatten auf seinen Leib, der einen gigantischen Drachen ähnelte. Seine

Haut bestand aus knöchernen Platten, die wie ein Panzer seinen Körper vor Angriffen schützten.

Aus seinem Rücken ragten spitze Stacheln, die messerscharf zu sein schienen. Riesige Pranken ließen die Kreatur blitzschnell nach vorne springen.

Bei dieser Bewegung spreizte er seine rabenschwarzen Flügel, die vorher unsichtbar unter seinen grauen Panzer lagen, um noch erschreckender zu wirken. Dien sollte genau wissen, wer vor ihm stand.

Mirella bekam Angst. Nicht um sich, sondern um Dien. Diese Kreatur war nicht nur angsteinflößend, sondern auch geladen mit Magie, die drohte zu explodieren.

»Dein Hochmut wird dir nicht helfen Mirella zu beschützen, sondern sie in Gefahr bringen.«

Er klappte seine Flügel und Stacheln unter der gepanzerten Haut ein. Zog gleichzeitig seine Zähne wieder ein und hob den Kopf.

Mirella atmete tief durch. Sie hatte sich innerlich auf einen Kampf vorbereitet. Hatte überlegt welche Taktiken sie nutzen müsste, um dieses Wesen zu töten, bevor es ihnen ernsthaft schaden konnte.

»Ein Scharphönix beschützt das Leben auf dieser Erde. Überall dort wo ihr Hüter des Lichtes versagt. In deiner eigenen kleinen Welt gibt es nur Mirella. Du hast keinen einzigen Gedanken verschwendet, um darüber nachzudenken, was aus deinem Königreich, den Lichtwächtern oder aus den Tieren und Menschen geworden ist. Der Angriff auf Mirella und die Albträume waren eine pure Ablenkung gewesen, um euch in die Flucht zu zwingen. Siehst du nicht, wie das Böse der Schattenwelt Einzug in die Welt genommen hat?«

Mirella empfand seine Worte als einen Vorwurf, den sie nicht akzeptieren wollte und konnte. Dien hatte sich immer um sein Volk gekümmert. Trotzdem schwieg sie. Wenn sie jetzt für ihn das Wort ergreifen würde, dann würde dies Dien schwach wirken lassen. Sie griff nach seiner Hand und drückte sie fest, als Zeichen, dass sie zu ihm stand. Komme was wolle.

Dien schaute beschämt und stolz zugleich.

»Wieso sollte ich dir glauben? Jetzt wo Mirella gezaubert hat, sind uns viele auf die Spur gekommen. Stell dich hinten an. Der Kopfgeldjäger war vor dir da!«

Riesige Augen starrten nachdenklich Mirella an. Sie spürte wie die Angst in ihr hochkroch. Sie unterdrückte das Gefühl sich verteidigen zu müssen und machte einen kryptischen Gesichtsausdruck.

»Ich bin der Einzige, der euch vor ihm beschützen kann, denn ich kenne jedes Lebewesen auf dieser Welt, sogar ihn. Nur zu gut kenne ich seine einzige Schwäche. Seinen Namen, oder woher er kommt. Er würde es nie riskieren, seine Identität preiszugeben. Denn dann wäre sein bürgerliches Leben in Gefahr. Bei mir wird euch nichts geschehen. Seit bedacht, dass ich euch nur für die Lebewesen dieser Welt meinen Schutz, meine Treue und meine Freundschaft anbiete. Ich will, dass ihr aufhört, euch zu verstecken und den Kampf gegen den Schatten aufnimmt. Er will ein Imperium aufbauen und alle anderen Vernichten, genauso wie es dein Vater als Mr. Lostsoul vorhatte, bevor er für immer verschwand.«

Der Scharphönix machte einen Schritt nach hinten, aus seinem Rachen loderte plötzlich heißes Feuer, welches den ganzen Wald in Brand setzen könnte. Die Flammen zogen sich langsam in sein Maul zurück und legten vor ihm eine

Wasserkugel frei. Mirella hätte mit allem gerechnet, aber nicht mit dem, was vor ihr lag. Wie konnte Feuer etwas aus Wasser erschaffen oder es in sich aufbewahren?

»Ich schenke dir diese Zauberkugel, die alle deine Fragen beantworten wird, wenn du die richtigen Fragen stellst.«

Mirella hob den Gegenstand vom Boden auf und legte ihn in ihren Rucksack.

Als sie zu Dien sah. Merkte sie, wie angespannt er war. Er presste seine Zähne so stark zusammen, dass sie das Knirschen hören konnte. Seine Hände waren zu Fäusten geballt und sein Körper bebte. Sie kannte ihn gut genug, um zu wissen, was er dachte. Er fürchtete sich vor den Absichten des Scharphönix. Er dachte bestimmt darüber nach, ob er Mirella in Gefahr gebracht hatte, als er beschlossen hatte mit ihr in den Wald zu gehen. Er war immer um ihre Sicherheit besorgt gewesen, insbesondere seit dem sie angeschossen wurde. Bestimmt quälte es ihn gleichzeitig, dass sein Volk in Gefahr schwebte und er nicht bei ihnen war.

Mirella drehte sich wieder zum Scharphönix um, der auf ihre Antwort wartete.

»Wir danken dir von Herzen. Sehr gerne nehmen wir deine Freundschaft und Gabe an. Was sollen wir deiner Meinung nach tun?«

Dien packte sie unerwartet am Oberarm und schob sie vorsichtig zu sich.

»Du kannst ihm nicht vertrauen!«

»Doch kann ich. Ich vertraue ihn und nehme die Chance für ein besseres Leben an. Ein Leben, wo du keine fünfzehn Jahre für mich hergeben musst. Ein Leben wo unsere Kinder glücklich und gefahrlos aufwachsen können.«

»Du willst mit mir Kinder haben?«, flüsterte er.

Mirella nickte und lächelte. In seinen Augen lag so viel Freude, als ob sie ihm eine Schwangerschaft offenbart hatte. Wie sehr würde er sich erst freuen, wenn sie wirklich sein Kind unter ihren Herzen tragen würde.

Dien schrie vor Glück und hob Mirella in seine Armen, um ihr Gesicht mit küssen zu ertränken.

Ein Knurren des Scharphönix unterbrach ihn und Dien war wieder der Krieger, der bereit war seine Liebste vor jeder Gefahr zu schützen.

»Willst du alle auf uns hetzen?«, fragte der Scharphönix.

»Hier ist doch keiner. Ich will Mirella zeigen, wie glücklich ich darüber bin.«

»Du kannst dir nie sicher sein, ob du wirklich alleine bist«, ermahnte ihn der Scharphönix, »jetzt musst du dich entscheiden. Wählst du den Kampf gegen den Schatten oder die Flucht?«

»Für mein Volk, diese Welt und Mirella. Ich bin bereit, selbst wenn ich gegen die ganze Schattenwelt alleine kämpfen müsste«, dabei drückte er Mirella ganz fest an sich.

Mirella hob ihren Kopf und blickte in entschlossene Augen. Der Scharphönix konnte auch Dien überzeugen.

Der Scharphönix nickte zufrieden. Ein Glitzern zeigte sich in seiner Iris und er löste sich vor ihren Augen wieder auf. Mirella blieb mit Dien im Wald allein zurück. Es war eine merkwürdige Begegnung gewesen. Sie fragte sich, ob sie den Scharphönix wieder sehen würde und welche Rolle er beim Kampf gegen den Schatten spielte. Kurz dachte sie über seine Worte nach, hatte Schejtan selbst den feigen Angriff auf sie geplant oder steckte jemand ganz anders dahinter und ihr Großvater hatte nur die günstige Gelegenheit genutzt.

Warum konnte der Scharphönix nicht zu ihr dringen, sondern nutzte Dien für seinen Plan? Krampfhaft suchte sie nach Antworten.

»Wo ist er hin?«, fragte Mirella.

»Ich glaube er ist noch in unserer Nähe. Lass uns aus dem Wald hinaus gehen.«

»Was könnten wir zuerst tun?«

»Wir müssen Kontakt mit meinen Geschwistern aufnehmen. Da du gezaubert hast, können wir das Risiko eingehen.«

»Du meinst, wir machen uns auf den Rückweg nach Hause. Nach Mungomonien?«

Mirellas einzige Heimat, die sie je hatte. Die Stadt, die sie einst groß gemacht hatte, um sie am Ende zu vergessen.

»Wenn du es wünscht! Ich habe ohne lange darüber nachzudenken, alle im Stich gelassen. Ich habe dich zu einem ruhelosen Leben gezwungen. Dabei wollte ich dich nur beschützen. Der Überraschungseffekt ist unser größter Vorteil. Wir müssen nur vorsichtig sein. Dir darf nichts geschehen.«

Dien nahm Mirellas Hand, hielt sie behutsam, so als ob sie eine zarte Rose wäre, die er nicht zerdrücken wollte.

Als sie aus dem Wald raus waren, führte sie Dien in die Stadt. Endlich Menschen, Geschäfte, Häuser, Straßen, Stimmen, Autos, das pure Leben, dachte Mirella. Am Stadtrand angekommen, roch es nach leckeren Essen. Nicht das Dien schlecht gekocht hätte, aber kein Vergleich zu dem, was Mirella in die Nase stieg. Andererseits durfte sie sich auch nicht beklagen, da sie das Kochen nicht einmal versucht hatte. Sie war viel zu sehr mit ihrem Selbstmitleid beschäftigt gewesen. Dien dagegen hatte alles unternommen, dass es ihnen nicht schlecht ging. Aber wohin führte ihn sein weg jetzt hin? Was hatte er vor?

Sie waren in dieser Stadt Fremde, niemand würde ihnen helfen. Also, warum sind sie in die Siedlung gegangen? Wollte er nicht mit ihr seine Geschwister suchen? Zurück nach Mungomonien gehen?

Und als sie tiefer in die Stadt eintauchten, wurde Mirella bewusst, was Dien vorhatte. Er suchte nach Lichtwächtern, die ihm untergeben waren. Dien hatte immer einige seiner Zaubersachen bei sich, dazu gehörte auch das kleine funkelnde Fläschchen, was aus Diamanten gemacht zu sein schien. Mit dem gelben Nebel aus der Flasche sprühte er sie beide ein.

Dieser bewirkte, dass sie in der Lage waren, die Bewohner aus der Lichtwelt in der Menschenwelt zu sehen und ansprechen zu können. Aber da war niemand, nicht einmal eine kleine Blumenfee, die es normalerweise in Scharen bei den Menschen gab.

❋ ❋ ❋

Dien entschied, dass sie in die Stadt gehen mussten. Dort wollte er einige Lichtbewohner befragen. Immer noch quälten ihn die Vorwürfe des Scharphönix. Konnte es war sein, dass sein Volk leiden musste? Hatte er sie wirklich im Stich gelassen? Dien wusste, dass er sie jetzt sichtbar machen musste, trotz des Schutzzaubers seiner Schwester. Sie mussten für alle Lichtbewohner erkennbar werden, um auch die anderen Lichtmenschen in der Menschenwelt sehen zu können. Er zögerte nicht, als er den honigfarbenen Zaubernebel über Mirella und sich sprühte.

Sie liefen durch die schlafenden Straßen. Es schien so, als ob die Straßenlaternen nur für sie beide leuchteten. Ihr warmes Licht konkurrierte mit der schwülen Luft. Die kleine Stadt war schön. Immer noch standen dort Häuser, die vor mindesten hundert Jahren erbaut worden waren, nur wenige Neubauten quetschten sich zwischen ihnen und verzehrten das Bild. Die Steinstraßen ließen kein Asphalt zu und waren Zeugen der Zeit. Wie viele Menschen und Leben haben sie bereits über sich gespürt? Wenn sie etwas zu erzählen hätten, dann würde ein Menschenleben für ihre Geschichten nicht reichen.

Aber jetzt waren diese Straßen leer, kein Lebewesen, weder Mensch noch irgendein Bewohner der Schatten oder Lichterwelt waren zu entdecken. Dien wunderte sich, so etwas ist ihm in seinem ganzen Leben nicht passiert. Es war bekannt, dass Lichtwächter die Nähe von Menschen suchten und das es am Abend viele Leute hinauszog. Viele Lichtmenschen waren auch abends unterwegs gewesen, nicht nur um Babys mit ihren Eigenschaften zu beschenken, bevor der hinterlistige Schatten vor ihnen da war. Ein Schattenwächter, der schlechte Charakterzüge wie Wut oder Eifersucht zu vergeben hatte, freute sich, wenn die Lichtwächter zu spät kamen, dann konnte er vorher herrlich betrügen. Der Schatten suchte stets Ärger und immer nach einer Möglichkeit, um das Licht aus der Welt zu verbannen.

Heute lag stille in der Luft. Niemand war da. Sogar die nachtaktiven Tiere schienen sich vor etwas zu verstecken. Einer Gefahr, die Dien bis zu seinen Knochen spüren konnte. Er legte seine Hand über Mirellas Hüfte und zog sie näher an sich. Das tat er immer, wenn er glaubte, dass Mirella in Gefahr war. Ihr Duft umarmte seine Sinne und versprach ihm alles. Dien schluckte sein Verlangen runter. Immer noch schwebte Mirella in Gefahr. Er wollte sie nie mehr wieder im Stich lassen, sich nicht fürchten müssen, dass er sie für immer verlieren könnte.

»Der Scharphönix hat nicht gelogen, alle Lichtwächter sind geflohen. Der Schattenkönig ist jetzt zum Herrscher über alles geworden«, raunte er.

Dien sah zu Mirella, die jeden Muskel ihres Körpers versteifte. Sie zitterte.

Tränen glitzerten in ihrem Augen, bis sie ihre Lider schloss und ihr eine über die Wange rollte.

Er hob seine Hand und wischte die Träne mit seinem Daumen weg. Drückte sie fest an sich. Ihre Arme umklammerten ihn. Sie vergrub ihr Gesicht in seiner Brust und unterdrückte ihr wimmern. Sein Magen rebellierte vor Kummer.

Er wollte sie immer glücklich machen.

Er wollte ihr alle Sorgen nehmen.

Er wollte ihr die ganze Welt schenken.

Und jetzt war er machtlos. Er konnte sein Versprechen, was er sich selbst gegeben hatte, nicht halten.

Diens Herz brach. Jetzt konnte er sie nur noch trösten. Ihr seine ganze Liebe schenken.

»Weine nicht meine Liebste. Es ist nicht deine Schuld. Ich würde die ganze Welt untergehen lassen, wenn ich wüsste, dass du in Sicherheit bist. Mein Leben gehört nur dir.«

Mirella drückte sich ein wenig mehr an ihn. Hob anschließend ihren Kopf und er ertrank in ihren ozeanblauen Augen. Dien hob seine Hand und strich ihr liebevoll die restlichen Tränen weg. Er wollte ihr seine Worte beweisen, ihr zeigen, wie erst er es meinte. Sein Verlangen nach ihr etwas stillen. Er strich ihr zärtlich über das Kinn und führte ihren Mund zu seinen. Jede Pore in seinem Körper wollte Mirella spüren, fühlen und schmecken. Dien versteifte sich gänzlich.

Sie bebte unter seinem Kuss. Er fühlte, wie sich Mirella fester an ihn schmiegte, um intensiver in seiner Umarmung zu versinken.

Dien vergötterte Mirella. Er wollte sie nur für sich haben.

Er musste sie ganz besitzen und sein Körper zeigte es ihr viel zu deutlich. Ein Stöhnen entwich ihrem Mund. Dien musste sich zusammenreißen, zurück in die Wirklichkeit kehren, bevor er verloren war. Sie zu beschützen, stand über seinen Interessen. Er hatte sie geküsst, also musste er sich auch wieder von ihr lösen. Seine Lippen brannten und sein Körper sowie sein Herz rebellierten gegen die Entscheidung seines Kopfes. Jetzt zitterte er mehr als sie, als er seinen Mund zwang, ihre freizugeben.

Mirella wollte ihn nicht loslassen, wollte nicht aufhören, seine vollen Lippen zu schmecken, die Liebe und Sicherheit versprachen. Sie stellte sich auf die Zehenspitzen und versuchte erneut seinen Kopf zu ihr runterzudrücken.

Ihre flehenden hellblauen Augen konnten ihn nicht umstimmen, aber sie brachten ihn dazu, sie nie wieder loslassen zu wollen. Also hielt er sie weiter in seinen Armen und beide schwiegen, während sie versuchten, den anderen in sich aufzunehmen.

Wenn sie jemand beobachten würde, könnte er glauben, dass es sich um eine zusammengegossene Statue handeln könnte und nicht um zwei Individuen. Ohne sie war er wie der Himmel ohne Sonne, der Mond ohne Sterne, das Wasser ohne Fische. Sie machte ihn vollkommen. Sie waren eins.

Er seufzte schwer und lächelte traurig.

»Weine nicht. Jede Träne von dir macht mich verletzlicher. Du musst stark sein, damit ich stark bleiben kann. Ich verspreche dir, wenn das hier alles vorbei ist, leben wir so, wie wir es uns immer erträumt haben.«

Mirella schluchzte und Dien strich über ihr rötliches Haar.

Wie sehr er den Mond beneidete, der seine Liebste sorgenlos mit seinem Licht berühren durfte. Wenn es ein Mann, anstelle von ihm wagen würde, auch nur daran zu denken, dann würden alle seine dunklen Mächte, die in ihm schlummerten, erweckt werden. Er könnte in diesem Augenblick für nichts mehr garantieren. Obwohl er seine Gefühle gut in Griff hatte, würde er in diesem Moment um seine Liebste kämpfen und jedem klar machen, mit wem er sich da angelegt hatte. Er könnte es nicht ertragen, Mirella zu verlieren.

Mirella mit einem anderen Mann zu sehen.

»Ich liebe dich seit dem ersten Augenblick, als ich dich in dieser kleinen Holzhütte gesehen habe«, schnurrte Mirella.

Dien musste sich von ihr lösen, sonst würde sein Herz über den Kopf siegen und dann könnte ihn nichts mehr zurückhalten. Als er merkte, wie seine Hände unwillkürlich über ihre Hüften glitten und die Lippen nach ihren warmen Küssen bettelten, wusste er, es war zu spät. Er hatte die Kontrolle verloren.

Dien küsste sie erneut - wilder und schneller, die Hände glitten unruhig über ihren begehrenswerten Körper, als ob sie nicht wüssten, was sie zuerst streicheln sollten. Als Mirella ihn gewähren ließ und sein Hemd aufknöpfte, unterbrach sie ein verlegenes Räuspern.

Die Wahrheit

Es war Adan - Diens jüngerer Bruder, der sie schon seit ihrem verschwinden, vor einem Jahr gesucht hatte. Er war das Ebenbild von Dien gewesen, nur schmächtiger und kleiner. Obwohl sie sich ähnelten, sah er anders aus als ihr Liebster mit seinen Grübchen und dunkelgrünen Augen. Auch charakteristisch waren sie sehr verschieden gewesen. Adan war genau das Gegenteil von Dien. Er war eine unbändige Frohnatur, nahm das Leben immer auf die leichte Schulte. Meistens lebte er von einem Tag auf den anderen. Und doch war er Diens größte unterstützte im Königreich des Lichtes gewesen. Er war seine Ohren und Augen, half Dien bei Entscheidungen, war Heerführer und Krieger.

»Es tut mir leid, euch zu stören, aber ich habe wichtige Neuigkeiten.«

Adan räusperte sich und senkte seinen Kopf. Er gab ihnen damit die Zeit sich zu trennen und ihre Kleider zu richten.

Dien fluchte leise. Mirella wusste, dass er sich über seine Unaufmerksamkeit ärgerte. Trotzdem strafte er anschließend seine Schulter und ließ sich seinen Ärger nicht anmerken.

»Du störst uns nicht, ich bin froh, dass du uns gefunden hast«, erwiderte Dien mit einem gleichbleibenden Ton.

»Ich konnte den Zauber von Mirella spüren und diesen Hinweis bin ich gefolgt. Euch zu suchen war wie das Meer nach einer schwarzen Perle zu durchkämmen. Bis ich die Aura des Zaubers, der Mirella verrät, gespürt habe.«

Dien blickte Mirella besorgt an. Seine Augen verrieten ihr, dass er sich fragte, wer jetzt auf ihren Fersen noch sein würde.

Mirella drehte sich zu Adan, da sie nur eine Chance für sie sah.

»Scharphönix! Was weißt du über ihn?«

»Welche Neuigkeiten hast du für uns!«, interessierte Dien viel mehr.

»Den Scharphönix, kenne ich nur von den alten Erzählungen unserer Eltern. Ich habe bis zum heutigen Tag noch nie einen gesehen oder gesprochen. Ich weiß nicht einmal, ob es sie wirklich gibt. Nach der Legende schlossen unsere Vorfahren einen Pakt. Sie erschafften ein Wesen, was aus Licht und Schatten bestand. Es sollte immer im Interesse der Lebewesen, von denen wir alle abhängig sind, handeln und sie beschützen. Die stärksten und ältesten haben ihre Kräfte vereinigt und ihm alle Eigenschaften gegeben, welche es braucht, um seine Mission zu erfüllen. Liebe, Mitgefühl, Verständnis gehören genauso zu seinen Stärken wie Machtgier, Selbstsucht oder unüberwindliche Wut. Dies ist das einzige Geschöpf, was im Interesse der Welt handeln sollte.

Er stellt sich auf keine Seite, nur auf seine und wofür er gemacht wurde.

Warum ich euch gesucht habe und weshalb ich hier bin? Die Welt braucht euch. Gerüchten zufolge soll ein neuer

Schattenkönig auf den Thron sitzen. Angeblich hat Luzan, der deine Mutter getötet hat, die Gelegenheit genutzt und den Thron der Schattenwelt an sich gerissen. Schejtan kam gerade noch mit seinem Leben davon. Er und dein Vater Arthur sind spurlos verschwunden. Luzans nächster Schritt war, euch aus dem Weg zu schaffen, indem er dich nur so heimtückisch verletzt, dass ihr flieht. Denn hätte er dich getötet, würde dein Vater Arthur Rache üben und die Welt vernichten. Er würde diesmal alles Leben auf dieser Erde für immer vernichtet und die Schattenwelt dazu. Aber ob dieses Gerücht wahr ist oder von den Schatten selbst in die Welt gesetzt wurde, weiß ich nicht. Nur das der Schattenkönig sein Imperium ausweitet.«

»Ich bin froh, dass du uns gefunden hast. Ich war schon ganz verzweifelt, dass ich keinen anderen Lichtkämpfer oder Bewohner vorgefunden habe. Wo sind alle?«, fragte Dien.

Mirella kroch eine Gänsehaut den Rücken hoch. Schweiß bildete sich auf ihr Gesicht. Was hatte der Schatten vor? War es eine List ihres Großvaters gewesen oder sitzt ein anderer König auf den Thron?

Adan räusperte sich kurz.

»Ich weiß«, murmelte er, um im nächsten Augenblick wieder lauter zu sprechen, »sie sind immer noch auf der Flucht, die mit Mr. Lostsoul, ich meine Mirellas Vater begonnen hatte. Viele trauen sich immer noch nicht aus ihren Verstecken raus. Andere wiederum haben sich auf die Suche nach euch gemacht. Und nicht nur wir, sondern auch die Schatten sind euch auf der Spur«, antwortete Adan ruhig.

»Der Seelenfänger war heute Abend bei uns gewesen, gehört er inzwischen zu den Schatten oder ist er immer noch neutral?«, fragte Dien angespannt.

»Ich weiß es nicht mein König.«

»Wir müssen uns an den Scharphönix wenden«, mischte sich Mirella ein.

»Nein, wir brauchen ihn nicht, mit Mr. Lostsoul sind wir auch ohne ihn fertig geworden. Wo war er damals gewesen?«, protestierte Dien, als ob er Mirella vor diesem Wesen schützen müsste.

»Dien«, lispelte Mirella,»damals bestand kein Grund, dass er sich einmischt. Es gab immer noch Licht und Schatten, aber nur verschoben. Mein Vater war zu beiden fähig und das wusste der Scharphönix. Er hatte aus Liebe und Wut gehandelt. Aber der Schatten will das Licht vernichten und alleine auf der Welt herrschen. Er handelt nur aus Eigennutz und Machthunger. Der Schatten ist das pure Böse in der Welt. Der Schattenkönig, mein eigener Großvater hat meine Mutter getötet. Dieser Schmerz wandelte meinen Vater Arthur zu Mr. Lostsoul, der die Welt in Eis uns Schnee untergehen ließ. Daraufhin erschaffte er seelenlose Geschöpfe ohne Gefühle, damit das Leid auf der Erde aufhört. Bis er verstehen musste, dass es kein Leben ohne Liebe und Schmerz gibt. Aber der Schatten ist durchtrieben, wie er es schon immer war. Er hat meine Familie für sein falsches Spiel ausgenutzt. Dafür wird er mir büßen müssen!«

Dien legte ihr beruhigend seine Hand auf die Schulter, obwohl er innerlich zu kochen schien. Seine Wärme durchdrang ihre Haut und spendete ihr Trost.

Adan mischte sich diesmal ein, seine Stimme zitterte, obwohl er verkrampft versuchte, entspannt zu wirken.

Irgendetwas schien sein Bruder und Mirella vor ihm zu verheimlichen.

»Habt ihr Neuigkeiten für mich? Was ist passiert? Warum war der Seelenfänger bei euch?«

✻ ✻ ✻

Dien drehte sich zu seinen Bruder um.

»Das haben wir tatsächlich. Wir sind den legendären Scharphönix begegnet. Er gab uns eine Wasserkugel. Sie beantwortet Mirella jede Frage.«

»Aber nur wenn ich die richtigen Fragen stelle. Was immer das zu bedeuten hat«, ergänzte Mirella.

Sie holte die Wasserkugel aus dem Rucksack heraus, um sie Adan zu zeigen. Er interessiere sich sehr für die Kugel, da er noch nie einen solchen Magiegegenstand besessen hatte.

»Faszinierend!«

Er berührte die Kugel, schüttelte sie und versuchte noch einiges, um herauszufinden, wie sie funktionierte. Aber es passierte nichts. Egal was er auch tat.

Als Mirella die Wasserkugel wieder an sich nahm, erglühte sie in ihren Händen. Sie erblickte verschiedene Städte und Straßen. Dien badete sich in Mirellas neugierigen Augen. Sie war wie ein Kind, das etwas Neues entdeckt hatte und sich darüber freute.

Plötzlich veränderte sich ihr Blick. Er konnte Angst und Schrecken in ihnen erkennen. In ihrer blauen Iris spiegelten sich die Bilder der Kugel wieder. Jede Darstellung zeigte den Schrecken des Schattens. Er erkannte in ihnen, wie

Lichtwächter und Lichtwesen gejagt und getötet wurden, egal ob es Männer, Frauen oder Kinder waren.

Jeder, der seine weißen Kräfte einsetzte, egal zu welchen Zweck, wurde von den Schatten aufgespürt und getötet. Deshalb hatten die Lichtbewohner nicht nur Angst, sondern mussten Hunger und Durst leiden, da sie nicht mehr ihre Magie nutzen durften, um nicht entdeckt zu werden.

Meistens versteckten sie sich nachts in irgendwelche Menschenkeller, Speicher oder in Höhlen. Wenige gingen sogar in die Kanalisation. Tagsüber wanderten sie ziellos umher. Sie mussten immer in Bewegung bleiben, um andere zu finden und gleichzeitig nicht von den Schatten entdeckt zu werden. Wer sich zu lange an einem Platz aufhielt, konnte schneller aufgespürt werden.

Plötzlich änderte sich das Bild in der Kugel und zeigte eine Menschenwelt, die ohne das Licht stritten, hassten und neideten. Mirella erstarrte vor Entsetzen. Diens Herz zog sich zusammen. Wie konnte es so weit kommen? Hatte er als König seines Volkes versagt. Alle Lichtlebewesen enttäuscht?

»Die Schatten töten alle Lichtbewohner, sogar die Kinder«, stotterte Mirella.

»Es ist noch schlimmer, als ich dachte. Da ich in der Nacht so wie ihr unterwegs war, habe ich dieses ganze Elend nicht mitbekommen. Insbesondere das der Schatten alle Lichtbewohner jagt und tötet, das ist erschreckend«, sagte Adan.

»Der Schattenkönig will eine Welt in Dunkelheit erschaffen, wo er unermessliche Kraft besitzt und für immer die Welt reagiert. Wie es Arthur als Mr. Lostsoul getan hatte. Aber wer wären dann seine Untertanen?

Irgendwann würden die Menschen ohne Liebe aussterben und danach der Schatten mit ihnen. Wir müssen das den Schattenkämpfer klar machen und uns Verbündete suchen. Ein selbstsüchtiger Schatten lebt nur für sich und das ist der einzige Weg, um diesen Wahnsinn aufzuhalten«, sagte Dien.

Schweißperlen rannen mit den Tränen über Diens Gesicht. Er ballte seine Hand und schwor Rache für jeden Getöteten seiner Untertanen.

»Aber warum sollten sie auf uns hören?«, fragte Mirella.

»Dien hat recht. Im Gegensatz zu Arthur, der sich selbst als Mr. Lostsoul und die menschlichen Geschöpfe neu erschaffen konnte, kann dieses keiner von den Schatten bewirken. Sie würden einen Menschen nach dem anderen verlieren und am Ende selber sterben. Ich glaube, der Machthunger hat sie so gepackt, dass ihr Verstand ganz ausgeschaltet wurde. Wir müssen die wenigen, die sich noch zurückhalten und zweifeln, aufspüren und ihnen ihren Fehler klar machen.«

»Ich würde vorschlagen, dass wir auch weiterhin nachts unterwegs sind und uns am Tag schlafen legen«, schlug Dien vor, »insbesondere, da die Schatten nachts überwiegend jagt auf Lichtwesen machen und ich nicht im Schlaf überrascht werden möchte.«

»Die Nacht ist fast vorbei, wir sollten eine Unterkunft suchen«, sagte Mirella.

»Wie wäre es, wenn wir zurück in das kleine Haus am Rande des Waldes zurückkehren. Dort sind wir erst einmal sicher«, schlug Dien vor.

Er mochte das kleine Haus, das Zeuge von Glück war.

»Sicher? Was ist mit dem Seelenfänger?«, fragte Mirella entsetzt.

»Der findet uns, egal wo wir uns verstecken, selbst in einem Mauseloch würde er uns aufspüren. Außerdem ist es ein Bungalow, was wiederum bedeutet, dass wir immer in der Nähe des anderen sind, da sich alle in der gleichen Ebene befinden«, sagte Dien.

»Außerdem bin ich jetzt an eurer Seite. Ich werde mit euch gegen jeden kämpfen, der es wagt uns anzugreifen. Ich warte schon seit langer Zeit darauf, Rache an den Seelenfänger auszuüben. Soll er kommen«, versprach Adam feierlich mit zittriger Stimme.

»Du willst wohl, dass ich auch einen Bruder verliere? Reicht es nicht, dass unsere Eltern Tod sind? Du wirst gar nichts unternehmen, solange ich es dir nicht befehle!«, ermahnte ihn Dien.

»Schon gut Jungs, vielleicht kommt er nicht und falls doch, haben wir noch einige Stunden Zeit, um uns zu überlegen, was wir tun werden«, mischte sich Mirella ein.

»Er wird es nicht wagen wieder aufzutauchen, dies wäre sein sicherer Tod durch meine Hand. Außerdem sollten wir in dieser gefährlichen Zeit lieber nicht zaubern! Außer wir wollen die ganze Schattenwelt auf uns aufmerksam machen. Gibt es noch Vorräte in diesem Bungalow?«, fragte Adan, » Sesam und ich habe großen Hunger.«

»Hörst du schlecht? Du tust nichts ohne mein Befehl!«

Adan nickte, aber sein Gesicht zeugte von Wut. Dien gab sich trotzdem mit seinem Versprechen zufrieden und kehrte zurück zur eigentlichen Frage.

»Leider gibt es dort keine Vorräte mehr. Ich habe heute die letzten Essensreste verbraucht. Ich sehe Sesam nicht. Wo ist er?«

»Versteckt. Wenn ich Pfeife kommt er zu mir«, antwortete Adan.

»Wie kann sich so ein riesiges Pferd verstecken? Sitzt er auf einen Ast?«, witzelte Dien.

»Woher weißt du das?«, fragte Adan und zog Dien damit auf.

»Das sollte ein Witz sein. Wie könnten Äste so ein schweres Pferd halten?«

»Mein Sesam ist doch nicht schwer. Es handelt sich hier um ein graziöses Pferd. Na ja, er schwebt eher über den Ästen, versteckt im Grün der Bäume. Manchmal hockt er auch in einem riesigen Busch.«

Adan grinste kryptisch und ließ damit Dien im ungewissen, ob er scherzte oder es ernst meinte.

»Jungs«, rief Mirella, »ich habe eine Idee, wie wir an Lebensmittel ohne Zaubern kommen.«

»Na, da bin ich mal gespannt und Heu brauchen wir auch für Sesam oder noch besser Möhren«, sagte Adan.

»Beim verlassen unserer neuen Unterkunft habe ich gesehen, dass die Besitzer des Hauses Tomaten und Lauchzwiebeln eingepflanzt haben.

Die Pflanzen sind zwar schon vertrocknet, aber die Tomaten sind rot und die Lauchzwiebeln sind unter der Erde bestimmt auch noch ganz gut. Sesam könnte hinter dem Haus, gut versteckt, etwas Gras zu sich nehmen.«

»Meine Frau weiß einfach alles«, verkündete Dien stolz.

»Ich habe selber früher Tomaten und Lauchzwiebeln im Topf gezogen, darum sind mir diese Pflanzen sofort ins Auge gestochen. Vielleicht können wir dort auch noch anderes Gemüse entdecken, wenn wir uns umsehen.«

„Hoffentlich finden wir dort noch mehr Lebensmittel und keine böse Überraschung, die dort auf uns wartet«, sagte Dien.

Die Vision

Die Sonne ging bereits auf, als sich alle zum Schlafen hingelegt hatten. Der zugezogenen Vorhang ließ durch einen Spalt zu, dass Licht in das Zimmer drang. Die Luft war stickig und Mirella schwitzte aus jeder Pore ihres Körpers. Sie spürte, wie ihr der ausgeliehene Pyjama am Leib klebte und ihre Haare durchnässt waren. Sie fragte sich, ob es wirklich so warm war. Mirella konnte nicht an Schlaf denken. Dien, der neben ihr lag, schien ebenfalls wach zu sein, obwohl er sich nicht rührte. Sein Körper presste sich heute besonders fest an ihren. Sein Atem war unregelmäßig und strich ihr über den Nacken. Seine Hand umklammerte ihren Bauch und sie war sich seiner Nähe zu bewusst. Ihre Finger strichen seinen Arm hinab und wieder zurück.

Mirella grübelte über die ganze Situation, die sich durch Adans Berichte verschlimmert hatte. Wie konnte sie so blind gewesen sein und Dien damals erlauben, sein Königreich des Lichtes und seine Untertanen im Stich zu lassen, nur um sie in Sicherheit zu bringen. Sie wusste, dass Dien mit ihr in der Welt der Menschen niemals in Frieden leben könnte, egal wie sehr sie sich das wünschte. Sogar das Weltreich des Lichtes wurde von den Schatten eingenommen und nahm ihnen alle Hoffnung auf ein Heim.

Vielleicht würde er schon morgen sein Leben für ihres geben. Mirella biss sich auf die Lippen. Ihr Herz donnerte gegen ihre Rippen. Ihre Seele wollte aufschreien bei diesen Gedanken. Eine Zukunft ohne Dien gab es für sie nicht.

Wenn Dien getötet werden wurde, starb sie mit ihm, das schwor sie sich. Plötzlich drückte er sie enger an sich, obwohl sie schon an ihn klebte. Hatte er ihre Gedanken hören können? Brauchte er ihre Nähe so sehr, wie sie seine?

Diens Wärme brannte auf ihren Rücken. Mirellas Körper bebte. Ihre Seele badete sich in seiner Zuneigung.

»Ich liebe dich«, raunte er ihr plötzlich ins Ohr.

Mirella drehte sich zu ihm um. Strich mit ihrer Hand über die Konturen seines Gesichtes. Seine Haut war warm und weich. Er beobachtete sie dabei mit smaragdgrünen Augen, die Begehren widerspiegelten. Mein, dachte sie. Als ob er es ihr beweisen wollte, hob er seinen Arm und packte sie am Nacken, um sie im nächsten Augenblick an sich zu ziehen. Sein Mund suchte ihren. Mirella öffnete ihre Lippen und lud seine Zunge zum Tanz ein. Sie spürte, wie sein Geschmack in sie eindrang und sie liebkoste. Es war zuerst ein zärtlicher Kuss, der immer wilder wurde. Seine Hände glitten ihren Rücken hinunter und vergruben sich am Ende in ihren runden Wölbungen. Sein Körper vibrierte vor Erregung.

Er drückte ihr Unterleib noch fester an sich und Mirella spürte sein körperliches Verlangen nach ihr. Danach küsste er sich entlang ihres Halses einen Weg, der ihn fast an den Rand des Wahnsinns führte. Erregung lief Mirellas Nerven hinab und entluden sich in zittern.

»Wir sind nicht allein. Adan wird uns hören«, hauchte sie und unterdrückte ihr Stöhnen.

»Er wird nur hören, was er bereits weiß. Das ich dich begehre und liebe.«

Mirellas Körper krampfte sich vor Verlangen. Sie wollte es genauso sehr wie er, aber ein dumpfes Geräusch zog plötzlich ihre ganze Aufmerksamkeit auf sich. Es war kaum hörbar gewesen und trotzdem hatte sie es wahrgenommen. Überrascht sah sie jemanden vor dem Fenster stehen. Es war nur ein Sekundenbruchteil gewesen, bevor der Fremde verschwunden war, aber lang genug, um Mirella in Alarmbereitschaft zu versetzen. Sie drückte Dien von sich weg und lief zum Fenster. Zog die Vorhänge zur Seite und öffnete es schnell. Die Sonne blendete sie anfangs und Mirella wich zurück, bis sie sich an das Licht gewöhnt hatte. Die fremde Gestalt war für immer verschwunden. Sie fragte sich, wer es war, was sie von ihr wollte und wohin sie gegangen mag.

Dien trat hinter sie:

»Was ist los. Was hast du gesehen?«

»Jemand war hier. Ich habe einen Körper vor dem Fenster gesehen.«

»Du meinst jemand beobachtet uns?«

»Ich bin mir sicher jemanden gesehen zu haben.«

»War es der Seelenfänger?«, fragte Dien.

»Ich habe das Gesicht nicht sehen können. Ich weiß es nicht.«

»Leg dich zurück ins Bett und versuch zu schlafen. Wer immer es war, er oder sie ist weg. Vielleicht eine Nachbarin oder ein Streuner, der so wie wir nach einer Schlafmöglichkeit sucht. Wenn uns jemand angreifen wollte, hätte er es schon längst getan. Ich werde auf dich aufpassen. Vertraue mir. Versuch zu schlafen, damit du zu Kräften kommst«, hauchte ihr Dien die letzten Worte ins Ohr.

Anschließend küsste er Mirellas Nacken und erlöste sie von der starre, die über ihren Körper gekommen war. Sie wusste das sie Dien vertrauen konnte, dass er sein Leben für ihres geben würde, aber sie würde bestimmt kein Auge zumachen können, genauso wie Dien.

Schließlich wartete am nächste Tag ein anderer Feind auf sie, selbst wenn die Silhouette vor dem Fenster nur ein Hirngespinst gewesen war. Der Seelenfänger war real und würde morgen bestimmt wieder kommen.

❄ ❄ ❄

Der Abend brach schneller an, als es Dien lieb war. Er hatte kaum ein Auge zu gemacht und doch keine Lösung gefunden, wie er Mirella vor dem Seelenfänger beschützen sollte, außer mit seinen Lebensjahren. Falls es sich der Kopfgeldjäger anders überlegt hatte, würde er bis zum Tod mit ihm kämpfen. Dien stand in der Hoffnung auf, dass der Seelenfänger schon da war und er mit ihm den Handel abschließen konnte, bevor Mirella oder Adan erwachten. Er wusste zu genau, dass beide bereit waren, bis zum bitteren Ende zu kämpfen. Insbesondere Adan, sein jüngerer Bruder, ersehnte diesen Tag mehr als alles andere. Er musste als kleiner Junge zusehen, wie sein Vater getötet wurde und der Seelenfänger anschließend seine Mutter mitgenommen hatte. Sie hatte sich ein letzten mal zu ihm umgedreht und mit ihren Mund die Worte ‚Bleib in deinem Versteck' geformt, bevor sie für immer aus ihren Leben verschwunden war.

Adan hatte sich immer Vorwürfe gemacht, warum er damals seinen Eltern nicht geholfen hatte. Dien wusste zu genau, dass er es nicht gekonnt hätte. Er war nur ein kleiner Junge gewesen. Ihre Mutter hatte es gerade noch geschafft, Adan in letzter Sekunde zu verstecken, bevor ihn der Seelenfänger entdeckt hätte. Wahrscheinlich hatte sie sogar seine Kräfte blockiert, damit er nicht aufgespürt werden konnte. Hätte sie dies nicht getan, dann wäre er jetzt höchstwahrscheinlich auch Tod. Niemand durfte das Gesicht des Seelenfängers sehen und weiter Leben, da seine eigene Familie dadurch ihn Gefahr war. Aber warum riskierte er es jetzt? Warum durften sie ihn sehen und trotzdem weiter leben? Jeden, den er ausgeliefert hatte, unabhängig davon, ob es Schatten oder Licht war, sehnte sich die Familie nach Rache.

Er war ein Kopfgeldjäger, den es egal war, warum jemand gejagt wurde. Nur die kostbaren Lebensjahre waren ihm wichtig und damit die zusätzliche Kraft, die er gewann.

Ihre Großmutter hatte damals Adan verboten, irgendjemanden davon zu erzählen, was er gesehen hatte. Oder wer seinen Vater getötet und seine Mutter geholt hatte. Er hätte damit alle anderen in Gefahr gebracht. Jeder wäre zum Tode verurteilt gewesen. Selbst Dien und Safa hatten es erst im Erwachsenenalter von ihrer Großmutter erfahren, mit der Verpflichtung weiter darüber zu schweigen.

Niemand konnte den Seelenfänger töten, nicht einmal, wenn sie ihn alle gemeinsam angegriffen hätten. Er war durch die zusätzlichen Kräfte und Lebensjahre zu stark geworden.

Dien wusste, wenn es seine Großmutter nicht gewagt hatte, den Seelenfänger anzugreifen, nicht einmal mit ihrer Unterstützung, dann hätte er heute Abend auch keine Chance. Aber er konnte versuchen, mit ihm zu handeln oder ihn durch einen Trick zu töten, bevor er Mirella mitnahm.

Er schlich zur Küche, um niemanden zu wecken und wie angenommen, saß der Seelenfänger bereits am Tisch und wartete auf ihn.

»Ich wusste, dass du ohne sie kommen wirst! Sie hätte es nie zugelassen, dass du für sie ein Opfer bringst. Gleichzeitig ist sie bereit, für dich zu sterben. Die Liebe macht uns alle blind und unvorsichtig. Außerdem bist du mir noch die Lebensjahre deines Bruders schuldig, den ich damals am Leben ließ«, sagte der Seelenfänger in einem ruhigen Ton.

»Du wusstest, dass er da war?«

»Vergiss nicht, wer ich bin. Deine Großmutter war sich der Tatsache sehr bewusst. Selbst wenn nicht, hätte sie nichts gegen mich unternehmen können, wenn ich noch einmal gekommen wäre, um mir Adan zu holen.«

»Warum hast du ihn am Leben gelassen? Besitzt du doch so etwas wie ein schlechtes Gewissen? Oder ein Herz?«

»Werde nicht unverschämt. Du weißt ganz genau, dass ich dich mit einem Augenzwinkern vernichten könnte. Ich bin ein Grauer, natürlich besitze ich so etwas wie ein Gewissen oder ein Herz. Denkst du nicht, dass ich früher ein anderes Leben geführt habe? Denkst du nicht, dass ich gezwungen war mich für dieses Leben zu entscheiden, um meine Familie zu beschützen?«

»Du jagst andere und zerstörst ihre Leben. Warum durfte Adan leben? Warum bist du das Risiko eingegangen enttarnt zu werden?«

»Ich jage, weil ich dadurch mächtiger werden, so stark, dass sich jeder vor mir fürchtet. Dadurch kann ich auch meine Familie beschützen. Ich habe bereits meine Frau verloren, ich werde es nicht zulassen, dass sich irgendjemand meine Tochter holt. Mein Kind war das Einzige, was mir noch geblieben war. Ich musste mir so viele Kräfte aneignen, wie ich konnte, um sie zu beschützen. Du fragst, warum ich das Risiko eingegangen bin?

Einst hat mich ein Orakel der weißen Welt mit ihrer Gabe bezahlt, da sie zu alt war, um mich mit ihren Lebensjahren zu bezahlen, damit ich den Schatten töte, der ihrer Tochter quälte. Und mit dieser Kraft konnte ich in die Zukunft dieses Jungen sehen.«

»Warum hast du ihn am Leben gelassen? Was hast du gesehen?«, fragte Dien etwas verlangender.

»Ich habe gesehen, dass er - der vom Schicksal erwählte Lebenspartner meiner Tochter ist und der Vater meiner zukünftigen Enkelkinder. Also praktisch zu meiner Familie gehören wird, genauso wie ihr. Genauso wie ich gestern Abend in die Zukunft sehen konnte, dass du heute mit mir an diesem Tisch sitzen wirst.«

»Adan soll dich Schwiegervater nennen? Dich, den Mörder unseres Vaters? Dich, der unsere Mutter verschleppt hat, um sie zu dem Schattenvolk zurückzubringen? Wir mussten wegen dir ohne Eltern aufwachsen. Wir sollen dich in unsere Familie willkommen heißen? Zu deiner Familie gehören? Adan soll deine

Tochter lieben, die wahrscheinlich genauso herzlos ist wie ihr Vater?«

»Urteile über mich, aber nicht über mein Kind. Sie hat nie jemanden etwas getan. Ich musste deine Mutter ausliefern und deinen Vater töten. Wenn ich es nicht getan hätte, dann wären sie von anderen geschnappt worden und beide qualvoll gestorben. Ich konnte es ganz deutlich in der Zukunft sehen. Denkst du nicht, dass ich meinen zukünftigen Schwiegersohn dies alles lieber erspart hätte?«

»Und jetzt bist du wieder gekommen, um uns Leid anzutun?«

»Ich jage euch seit einem Jahr. Ihr wart mit Abstand die beste Beute gewesen, die ich jagen durfte. Es war mein Ernst gewesen, was ich gestern gesagt hatte. Du musst aber auch verstehen, dass ich nach so einer langen Zeit nicht mit leeren Händen nach Hause kehren möchte. Aber ... «

»Aber du hattest heute eine neue Vision gehabt?«, führte Dien seinen Satz zu Ende.

»Nicht nur eine. Und in jeder bin ich gestorben. Wenn ich versuchen würde, dir deine Lebensjahre zu stehlen, dann wäre ich innerhalb von fünf Sekunden Tod.«

»Ich weiß, dass du mich nicht fürchtest, also frage ich mich wie?«

»Dich fürchte ich nicht und deine Kräfte sind so schwach, dass ich es genauso mit einer Fliege aufnehmen könnte. Aber Mirella und du seit durch ein Band miteinander verbunden und sie würde es sofort spüren. Ihre Kräfte sind gewaltig. Sie könnte, ohne sich groß anzustrengen, meine Kräfte gegen mich umkehren und mir als Strafe meine Lebensjahre aussaugen. So lange, bis ich Tod bin.«

»Das würde sie nie tun!«, protestierte Dien.

»Wenn ich ihren Liebsten angreifen würde, dann würde ihre böse Seite überhandnehmen und glaube mir, sie würde es tun, damit ich dir nie wieder etwas antun könnte.«

»Das ist Blödsinn, ich beschütze sie.«

»Du denkst, dass sie deine Hilfe braucht? Das du sie beschützen musst? Vielleicht war es so einmal gewesen, aber jetzt ist sie mächtiger als jeder von uns und das macht sie für den Schatten so gefährlich.«

»Also wolltest du unser Geschäft platzen lassen und sie einfach entführen. Darf ich raten, wenn sie schläft? Mit einem Zauber? Einen, der sie in eine Art ewigen Schlaf fallen lässt?«

»Gut durchdacht. Das hatte ich schon gestern Abend vorgehabt, als sie plötzlich wach wurde und du ins Zimmer kamst. Anscheinend spürt ihr, wenn der andere in Gefahr ist. Heute wollte ich es erneut versuchen, mitten am Tag. Die Vision, die ich vor eurer Tür hatte, zeigte mir, dass ich bei der Überlieferung von Mirella an den Schatten als Lohn den Tod bekommen würde. Er ist so mächtig geworden, dass selbst ich in Gefahr bin. Jetzt jagen und töten sie schon die Grauen, da sie kaum noch Lichtwächter finden können. Nur der Schatten soll bleiben und jede andere Form von Lichtwesen oder Grauen ausgemerzt werden.«

Dien musterte den Seelenfänger, der ein so kryptisches Gesicht machte, dass er nicht wissen konnte, was in ihm vorging. Er wusste nur, dass er nicht gekommen war, um über seine Visionen zu sprechen.

»Warum bist du hier? Wenn du denkst, dass ich dir Schutz biete, dann hast du dich geirrt. Erst recht nicht, wenn du Mirella in noch größere Gefahr bringen könntest.«

»Du denkst, dass ich selbstsüchtig und dumm bin. Ich weiß ganz genau, dass ihr mir nicht helfen würdet. Insbesondere nach gestern Abend. Aber ich komme, um dich zu bitten meine Tochter zu beschützen. Egal was ich auch tun würde, der Schatten würde uns finden und erst mich und danach meine Tochter töten. Sie ist die, nein, dass Einzige, was in mir noch das Licht am Brennen hält. Wenn sie stirbt, dann stirbt alles Gute in mir.

Eine Vision hat mir gezeigt, dass ihr sie beschützen könnt, dass sie bei euch sicher ist vor dem Schatten.«

»Hast du diese Gnade meinen Eltern erwiesen, als du in unser Haus eingedrungen bist?«

In Diens hellgrünen Augen mischte sich ein Hauch von Schwarz, welches sich als Sprenkel zeigte.

»Ich gebe dir das Versprechen, dass ich deine Tochter beschützen werde«, unterbrach Mirella ihr Gespräch.

»Er hat meinen Vater ermordet und meine Mutter zu den Schatten gebracht«, zischte Dien.

»Er war es. Nicht seine Tochter. Ich kann in lesen, das weißt du? Ich sehe das deine Mutter am Leben ist und diese Tatsache hast du nur ihm zu verdanken.«

»Du sollst deine Kräfte nicht einsetzen. Das weißt du! Damit legst du für die Schatten eine magische Spur«, ermahnte sie Dien.

Im nächsten Augenblick gingen ihm Mirellas Worte durch den Kopf.

»Meine Mutter ist am Leben?«

»Ich habe den Schatten erzählt, dass sie gezwungen wurde bei deinem Vater zu leben. Schließlich war er der König des Landes Alin gewesen und hatte die Macht dazu.

Ebenfalls legte ich ihnen als Beweis dar, dass ich ihn töten musste, um sie zu befreien. Deine Mutter war so unter Schock, dass sie keine Gefühlsregung zeigte. Und weil es dem Schatten gefallen hatte, dass dein Vater zu einem Abtrünnigen geworden sein sollte, der auch Böses zustande brachte, glaubte er mir.«

»Warum soll ich dir diese Geschichte glauben? Meine Mutter wäre zu uns zurückgekehrt.«

»Was denkst du, was passiert wäre, wenn sie es getan hätte?«, fragte der Seelenfänger.

»Wir wären Tod gewesen. Deine Tochter, du und meine ganze Familie«, flüsterte Dien.

Der Seelenfänger nickte.

»Vielleicht war es besser gewesen zu denken, dass deine Mutter gestorben ist, als zu wissen, dass sie lebt, aber euch nicht besuchen kommt«, sagte Mirella.

»Ich weiß es nicht. Wenn ich nur darüber nachdenke, wie sehr Adan darunter gelitten hatte.«

»Habt ihr mich gerufen? Mir war so als ob jemand meinen Namen genannt hätte. Ist noch etwas vom Tomatensalat von gestern übrig geblieben? Oder habt ihr mir schon alles weggegessen?«, fragte Adan, während er in die Küche trat.

Mirella und Dien blickten ihn kreidebleich an und dann zurück zu den Platz, wo der Seelenfänger gerade noch gestanden hatte. Er war verschwunden.

Mirella räusperte sich kurz.

»Ja, wir wollten dich gerade wecken kommen. Es ist nichts mehr übrig, aber du kannst ja mit Sesam Gras frühstücken.«

»Und ihr schlagt euch die Bäuche voll mit Rührei!«, beschwerte sich Adan.

»Was für Rührei? Der Hunger lässt dich schon essen halluzinieren«, scherzte Dien.

»Und was ist damit? Ich sehe doch Eier. Mein Verstand funktioniert noch ganz gut.«

Adan zeigte auf eine blau gepunktete Schüssel, in der fünf Eier lagen.

Mirella und Dien starrten fassungslos dort hin und beide wussten, woher die Gaben kamen. Der Seelenfänger hatte ein kleines Geschenk zurückgelassen.

❄ ❄ ❄

Nach dem gemeinsamen Frühstück streichelte Adan seinen Magen mit kreisenden Bewegungen und gab ein zufriedenes Geräusch von sich.

»Ich habe seit einer Ewigkeit keine Eier mehr gegessen.«

»Dank dir wussten wir, was wir mit ihnen machen sollten«, scherzte Mirella.

»Ich unterbreche euch ungern, aber wir müssen uns einen Plan überlegen, wie wir Verbündete finden können. Ich glaube nicht, dass wir drei alleine die Schatteninvasion aufhalten können«, sagte Dien.

»Mein Bruder, der immer verantwortungsvoll ist. Lass dich einmal nur für kurze Zeit fallen. Lerne den Augenblick zu genießen. Ich wette, dass du nicht einmal auf eurer gemeinsamen Flucht die Zweisamkeit genossen hast. Bestimmt warst du immer nur angespannt und in Kampfbereitschaft gewesen. Außer vielleicht gestern Abend für zehn Sekunden, als ich euch gefunden habe. Ich frage mich immer noch, wie du dich zu einem Kuss hinreisen lassen konntest«, neckte ihn Adan.

»Du solltest lieber etwas wie ich sein, dann wäre es zu dieser ganzen Situation erst gar nicht gekommen«, zischte Dien.

»Willst du mir die Schuld an alles geben? Ich habe deine Armee in den Krieg gegen den Schatten geführt und gesehen, wie meine Kameraden neben mir starben, während du irgendwo gemütlich in einem Zimmer gesessen hast«, schrie Adan.

»Jungs, es reicht! Was soll das? Keiner ist schuld an diesen Krieg, wenn ihr einen Schuldigen braucht, dann bin das wohl ich«, ging Mirella dazwischen.

»Auf keinen Fall«, antworteten beide im Chor.

»Der Schatten plant schon seit seiner Entstehung unseren Untergang und jetzt hat er nur eine Gelegenheit und einen Weg gefunden. Es tut mir leid Adan. Ich hätte da sein sollen. Ich hätte an deiner Seite kämpfen müssen. Du hast unser Königreich verteidigt, während ich nutzlos war.«

»Nein, du wusstest nicht was vorgeht. Ich weiß, dass du - nein ihr uns sofort unterstützt hättet im Kampf. Und das, was ich gesagt habe, meinte ich nicht so. Wahrscheinlich bin ich nur eifersüchtig auf dich«, entschuldigte sich Adan reumütig.

Mirella legte die Wasserkugel auf den Tisch.

»Zeige uns, wohin wir gehen müssen«, befahl sie der Kugel.

Ein Bild wurde sichtbar und zeigte einen jungen Mann mit pechschwarzen, sehr kurzen Haaren und düsteren Augen. Seine Aura schrie Schattenkrieger.

»Was siehst du Mirella?, fragte Dien.

»Einen Krieger in Schwarz. Er hat dunkles Haar und Mitternachtsaugen.«

»Ein Schattenkämpfer«, stellte Adan fest.

»Er tötet niemanden, sondern versteckt sich. Einen Moment. Der Krieger versteckt nicht nur sich selbst, sondern auch ein Mädchen unter seinen langen Mantel. Er will sie vor seinen eigenen Leuten retten«, staunte Mirella.

Das Bild veränderte sich und zeigte den Fremden Schattenkämpfer noch viele Male, wie er viele Lichtmenschen und Graue vor seinen Mitkämpfern in Sicherheit brachte.

»Ihn müssen wir suchen und zu unseren Verbündeten machen«, sagte Dien.

»Das denke ich auch. Es muss einen Grund dafür geben, dass uns die Wasserkugel ihn gezeigt hat. Aber in welche Richtung müssen wir gehen?«, fragte Mirella.

Sie blickte erneut in die Wasserkugel hinein.

Plötzlich änderte sich ihr Bild und zeigte das kleine Häuschen, indem sie sich gerade befanden. Sie konnten den Bildern, die den Weg vom Haus beginnend in Richtung Wald folgen, wo der Scharphönix lebte. Die Kugel führte sie von da aus östlich weiter, bis sie aus der Waldung raus waren. Danach erlosch das letzte Bild in der Wasserkugel.

»Ich sehe nichts und du Adan?«

»Nein, nur das sie aufleuchtet.«

»Wir sollen in den Wald gehen und den östlichen Weg folgen« , erklärte Mirella.

»Dann sollten wir das wohl auch tun. Lasst uns packen und losgehen«, befahl Dien.

Verbündete

Der Wald war wie die Nacht davor düster. Das Mondlicht warf unheimliche Schatten. Die Bäume wirkten riesig, als ob sie den Himmel berühren könnten. Als sie fast aus dem Wald heraus waren, hörten sie ein sehr leises Knistern. Es klang wie das Zerbrechen von Zweigen unter Laub. Regungslos blieben alle stehen.

»Das muss Sesam sein«, vermutete Dien.

»Nein. Ich habe Sesam gesagt, dass er am Ende des Waldes auf uns warten soll. Er würde sich durch den Wald nur unnötig die Flügel verletzen«, sagte Adan.

»Was es auch immer ist, wir müssen raus aus dem Wald«, wisperte Mirella und lief mit einem höheren Tempo los.

Dien und Adan folgten ihr. Plötzlich blieb sie nach wenigen Metern stehen, weil etwas wie aus dem Nichts vor ihr heraussprang. Nach einem Wimpernschlag erkannte sie eine dunkel gekleidete Gestalt, die ohne zu zögern alle drei mit ihrer Magie angriff.

»Aus der Tiefe der Nacht erhebt euch,
nehmt in die Hand euren Dolch.
Nehmt sie gefangen, damit ich sie kann fragen,

bis sie mir die Wahrheit sagen.
Doch sind sie schuldig oder betrügen,
sollen sie sofort sterben, wegen ihrer Lügen.«

Kaum war der Zauber ausgesprochen, ergriffen sie starke
Hände von hinten und hielten ihnen einen Dolch an die
Kehle. Nur Adan, der kriegserprobt war, konnte sich
kurzerhand aus dem Griff wenden und zu dem Angreifer
sprinten. Er sprang mit voller Wucht auf den unbekannten,
bevor er einen weiteren Zauber aussprechen konnte. Als er
auf den Körper landete, fühlte er sofort, dass es sich um
eine Frau handelte, die jetzt unter ihm lag und sich mit
aller Kraft wand.

»Zappel nicht so«, befahl er ihr.

Doch als Antwort bewegte sie ihren Körper noch heftiger
und versuchte ihn wie ein bockendes Pferd von sich
herunterzuwerfen.

Er hielt sie mit beiden Händen über den Kopf am Boden
fest fixiert, bis sie sich nicht mehr wehrte. Er musste
wissen, wer unter der Maske steckte. Adan griff nach der
Kapuze, um sie herunterzureißen und ließ dabei für einen
kurzen, aber unbedachten Augenblick eine ihrer Hände
los, was die Angreiferin zu ihrem Vorteil nutzte.

Sie streckte ihm ihre freie Hand entgegen, da sie wusste,
dass sie körperlich keine Chance gegen ihren Angreifer
hatte.

»Runter du Esel von meinem Körper,
wirst dabei nicht einmal röter,
springst auf mich wie ein Köter.
Zurück an deinen ursprünglichen Ort,
gefangen wirst du sofort dort.«

Sie stand auf und klopfte sich den Dreck vom Körper ab. Mirella, Dien und jetzt auch Adan waren wie versteinert.

»Wenn ihr euch bewegt, gebe ich ihnen den Befehl, euch zu töten. Insbesondere denjenigen, der unverschämt genug war - zu denken, dass er mich aufhalten könnte.«

»Wer seit ihr und was wollt ihr von uns?«, fragte Mirella.

Die junge Frau kam ihnen einige Schritte näher und trat ins Mondlicht. Die Fremde bewegte dabei ihren Körper wie eine Wildkatze und besaß - ohne Frage, auch die passenden Krallen dazu. Ihre Silhouette ließ erahnen, dass sie einen Kopf kleiner war als Mirella.

Große grüne Augen, die braun gesprenkelt waren, blickten in Richtung Adan. Wenn Mirella nicht wüsste, dass ein Mensch vor ihr stand, würde sie denken, dass Adan von einer Raubkatze begutachtete wurde. Aber schnell wand sie ihren Blick wieder von ihm ab und fixierte Mirella.

»Wo ist mein Vater? Was habt ihr mit ihm gemacht?«

»Wir wissen nicht, wo dein Vater ist!«, schrie Adan, immer noch beleidigt, dass ihn ein Mädchen überlistet hatte.

»Ach ist das so?«, fragte die Unbekannte wispernd.

Sie wartete einige Sekunden ab, um zu sehen, ob ihr Zauber diesen armen Jungen den Kopf kosten würde, aber er schien die Wahrheit zu sagen, da das Messer immer noch an der gleichen Stelle an seinem Hals verharrte.

»Und was ist mit dir? Weißt du etwas über meinen Vater?«, fragte sie Mirella.

Ihre Stimme bebte bei dieser Frage. Ihr Vater hatte ihr heute Morgen noch eine Nachricht geschickt in der stand, dass er in Gefahr wäre und untertauchen müsste. Sie war seiner magischen Spur bis zu ihnen gefolgt.

Ihr Vater war das Einzige, was ihr im Leben noch geblieben war. Sie musste ihn finden und beschützen, auch wenn sich seine Fährte hier verlor. Vielleicht war er von dieser Gruppe angegriffen und verletzt worden und brauchte jetzt ihre Hilfe und ihren Schutz.

❋ ❋ ❋

Mirella dachte über den Seelenfänger nach. Er musste gewusst haben, dass ihn seine Tochter suchen würde und zwar dort, wo er zuletzt gewesen war.

»Ich habe heute Morgen noch mit deinem Vater gesprochen. Es geht ihm gut. Er will, dass du bei uns bleibst«, erklärte Mirella.

»Lügen!«, schrie die Fremde.

Sie hob die Hand und bildete dabei eine Faust, gleichzeitig drückten die geisterhaften Wesen ihnen den Dolch enger an die Kehle.

»Ich will jetzt die Wahrheit hören. Was habt ihr mit ihm gemacht? Wo ist er?«, fragte die Unbekannte mit Nachdruck.

»Das ist keine Lüge, darum kann uns dein Zauber nichts tun. Ich sage dir die Wahrheit. Er versteckt sich vor den Schattenjägern, die jetzt auch jagt auf alle Grauen machen. So das er selbst bei meiner Auslieferung sterben müsste und danach du! Er hat mir gesagt, dass du bei uns am sichersten bist. Wahrscheinlich wusste er, dass du kommen wirst«, erklärte Mirella.

»Das soll ich dir glauben? Warum sollte mein Vater jemanden, den er selbst jagt, seine eigene Tochter anvertrauen? Und selbst wenn es so wäre, warum solltest du seine Bitte annehmen?«, fragte die Fremde bohrend.

Mirella schwieg zuerst, da sie die richtigen Worte suchte. Wie konnte sie ihr alles glaubhaft erklären. Was sollte und durfte sie wissen? Was wusste sie bereits von ihren Vater?

»Vor dir steht der König von Alin. Er ist verpflichtet, jeden seiner Untertanen zu helfen. Wir haben eingewilligt, weil du nur für deine Taten stehst und nicht für die deines Vaters. Und da ich dich lesen kann, weiß ich, dass du zwar in der Lage wärst, uns alle zu töten, aber es nie tun würdest. Noch nie hast du jemanden Leid angetan. Im Gegenteil. Du hast während der Abwesenheit deines Vaters - ohne sein Wissen vielen mit deiner Gabe geholfen. Wie ich es sehe, bieten wir nicht dir Schutz, sondern erhalten sogar eine Mitstreiterin gegen das Böse.«

Die Fremde wusste, dass ihr Vater nur in die Zukunft durch seine Visionen sehen konnte, aber nie in die Gegenwart oder Vergangenheit. So das es Mirella nicht von ihm erfahren haben konnte. Eigentlich von niemanden, da sie immer diese Maske bei ihren Rettungseinsätzen trug. Außerdem zeigte ihr Zauber, dass sie nicht lügen oder sie betrügen wollen, sonst wären sie bereits Tod. Mirella hatte die Wahrheit über sie gesagt, aber heute war sie zum ersten Mal bereit gewesen, jemanden das Leben zu nehmen, falls es nötig war.

Es war nur logisch gewesen, dass ihr Vater sie darum gebeten hatte. Insbesondere weil der Schatten in der Welt wütet und jeden töte, der nicht zu seinem Volk gehört. Ihr Vater hatte Visionen und wusste dadurch, dass sie bei ihnen wirklich sicher war. Aber durfte sie ihnen glauben, nur weil sie eine Vermutung hatte? Nein, so töricht war sie nicht.

Plötzlich tauchte eine riesige Gestalt vor ihr auf, die sie bisher nur aus Gruselgeschichten ihrer Kindheit kannte. Es war ein Scharphönix gewesen. Kinder, die nicht brav waren oder die Regeln nicht befolgten, käme der Scharphönix bestrafen. Ihr lief immer noch eine Gänsehaut über den Rücken, wenn sie daran dachte.

Im weitesten Sinne war es auch richtig gewesen, dass dieses Wesen den Frieden und das Gleichgewicht hütete und jeden bestrafte, der es nicht tat. Aber was machte es hier im Wald? Sollte es nicht da draußen sein und Schatten jagen?

»Amalia«, rief es ihren Namen.

Vor Schreck ging sie einige Schritte zurück.

»Amalia, ich will, dass du dich diesen Kämpfern anschließt und gegen den Schatten kämpfst. Dein Vater ist in Sicherheit und wird es auch bleiben. Er hatte eine Vision, aber nicht die, dass sie ihn töten und dann dich finden. Sondern das die Schatten dir auf die Spur gekommen sind und dich jetzt jagen. Dein Vater ist losgegangen, um deine Spuren zu verwischen und sie von dir wegzuführen, während du hier bei den anderen in Sicherheit bist. Er wollte nicht, dass du die Wahrheit erfährst und etwas Dummes tust.

Wenn du bei uns bleibst, wirst du in Sicherheit sein. Versuche nicht deinen Vater aufzuspüren, denn er hat dich mit einem Bindungszauber an diese Gruppe gebunden. Du wirst dich unmöglich von ihnen trennen können.«

»Lügen!«, schrie Amalia und lief aus dem Wald heraus.

Im gleichen Augenblick löste sich ihr Zauber auf und Adan nahm die Verfolgung auf. Sie war so schnell, dass sie beim laufen ihre Maske verlor und ihre goldenen Haare zum Vorschein kamen. Er konnte fast ihre Schulter ergreifen, als sie plötzlich vor seinen Augen verschwand.

Adan blieb abrupt stehen. Er konnte sie immer noch in seiner Nähe riechen, aber sie nirgendwo entdecken. Der süße Duft von Honig verschwand mit der vorbeifliegenden Prise und er gab endgültig auf. Entrüstet und mit einem verletzten Stolz, dass ihm ein Mädchen entkommen war, kehrte er zurück zu den anderen.

❄ ❄ ❄

Adam kam nach kurzer Zeit wieder zurück.

»Da ist dir wohl jemand entkommen. Vielleicht sollte ich doch jemanden anders beauftragen meine Truppen zu führen«, ärgerte ihn Dien.

Adan schwieg, als Antwort zog er nur wütend die Augenbrauen zusammen. Er fragte sich, wie konnte eine kleine Frau - ihn, den Kriegshelden einfach so überwältigen und danach noch entkommen.

»Sie ist schnell. Ich hoffe, sie schließt sich uns freiwillig an. Dann wären wir mit dem Scharphönix bereits fünf«, sagte Mirella.

»Du schließt dich uns an?«, fragte Adan etwas überrascht.

»Gestern haben die Schattenkrieger weltweit wieder über tausend Lichtmenschen und Graue getötet, die Situation hat sich drastisch verschlimmert. Wenn es so weiter geht, dann wird es diese Welt nicht mehr geben.

Selbst hier im Wald töten die Wölfe und Füchse alle Tiere, die sie aufspüren können, ohne sie zu fressen. Das Böse gewinnt die Oberhand und ich darf dabei nicht mehr unbeteiligt zusehen. Ich muss das Gleichgewicht wieder herstellen, bevor es zu spät ist. Das Licht ist fast erloschen. Gestern Abend hatte ich noch gehofft, dass sich das Blatt wenden würde, aber heute wurde ich eines Besseren belehrt.«

Am Waldende angelangt, drehte sich Mirella zu dem Scharphönix um.

»Wo lang geht es weiter?«

»Was fragst du mich? Ich habe dir die Zauberkugel vor die Füße gelegt, also benutze sie auch. Sie ist für diejenigen bestimmt, die unsere Welt retten wollen und im Interesse des Lichtes und des Schattens handelt. Also befrage die magische Wasserkugel.«

»Wasserkugel in meiner Hand,
wir sind angekommen am Waldesrand.
Wohin sollen wir weiter gehen,
lass es uns durch dich sehen.«

»Eine einfache Frage reicht schon aus«, sagte der Scharphönix.

»Eine alte Angewohnheit von mir. Schaden kann es nicht«, entgegnete Mirella.

Wahrscheinlich sagte sie Zaubersprüche nur aus Gewohnheit auf oder weil sie das Zaubern vermisste.

In der Wasserkugel zeigte sich erneut ein Bild. Erst etwas verschwommen und dann ganz klar. Wie ein Spiegelbild im Wasser. Es zeigte immer noch das Waldende, das auf eine große Lichtung führte. Sie stand jetzt mit den anderen davor und Mirella war ratlos, was sie hier machen sollte.

❋ ❋ ❋

Adan vernahm einen bekannten Geruch in seiner Nase. Es roch nach süßen Sommerhonig. Er wusste, dass Amalia in der Nähe war. Aus irgendeinem Grund konnte anscheinend nur er sie riechen, da er merkte, dass die anderen keine Notiz davon nahmen, vielleicht waren sie aber auch zu sehr mit dem Rätsel der Wasserkugel beschäftigt gewesen.

Der Geruch von Honig umhüllte ihn wie das Netz einer Spinne die Fliege. Er zog langsam sein Schwert aus der Scheide und machte sich auf einen Angriff durch Amalia bereitet.

Doch Amalia war nicht diejenige, die er fürchten musste.

Plötzlich stürmten Krieger der Schattenwelt auf sie zu und startete einen Überraschungsangriff. Sie kamen aus dem Wald herausgestürmt, der ihnen bis zu diesem Zeitpunkt Schutz in seiner Düsternis geboten hatte. Sie waren deutlich an der Überzahl gewesen. Um Mirellas Gruppe zu verunsichern, verließ ihre Kehle ein ohrenbetäubender Kampfschrei. Adam war gerüstet und fürchtete sich nicht, egal was sie vorgaben zu sein. Er würde bis zum letzten Atemzug kämpfen.

Es war Amalia, die einen tödlichen Messerhieb in Adans Rücken verhinderte und alle aufschrecken ließ. Die ersten Angreifer aus dem Wald waren nur eine Ablenkung gewesen, bis sich die anderen aus dem Hinterhalt genähert hatten. Der Kampfschrei war eine gute Taktik gewesen, um die Aufmerksamkeit auf sich zu ziehen und gleichzeitig die verräterischen Schritte der anderen zu übertönen. Sekundenschnell bildete Mirella mit den anderen einen Kreis, damit sie keiner von hinten angreifen konnte und sie in alle Richtungen einen ungerechten Kampf führen konnten.

Sie waren zwar mit Amalia zu fünft, aber immer noch zu wenige, um gegen Hunderte anzukommen. Mirella nutzte das durcheinander aus, ignorierte die klirrenden aufeinandertreffenden Messerschläge über ihr und schaffte es, sich einige Meter vom Geschehen kriechend zu entfernen. Als sie sah, dass sie den ungleichmäßigen Kampf verlieren würden, bündelte sie ihre ganzen Kräfte. Sie wusste, dass sie damit alle Schatten auf sich lenken würde, da sie hinter ihr her waren, aber das war ihr egal, wenn sie es nicht tat, dann würden sie alle sterben. Sie vermutete, dass die Schatten wegen dem Scharphönix bis zu diesem Zeitpunkt keine Magie einsetzen konnten, eine andere Erklärung gab es dafür nicht. Zumindest nicht in diesem Moment. Der Scharphönix und sogar sie würden ihre Zaubersprüche reflektieren und sie dadurch mit ihren eigenen Waffen oder besser gesagt Magie schlagen.

Ihre Mitstreiter dagegen standen so unter Schock, dass ihnen kein Zauberspruch gegen die Schatten einfiel. Das passierte sehr oft im Kampf, darum waren auch alle zusätzlich bewaffnet und gut trainiert gewesen.

Mirella streckte ihre Hände nach vorne und nutzte den günstigen Augenblick, während alle abgelenkt waren.

»Schattenwesen aus der Nacht,
euch hat das Böse zu uns gebracht.
Zerfallt sollen alle zu Staub,
bedecken soll sie des Waldes Laub.
Von diesem Zauber bleibt nur der verschont,
dessen leben sich für das Gleichgewicht dieser
Welt lohnt.«

Mirella sah, wie sich eine riesige dunkle Staubwolke vor ihr bildete und alle Krieger verschluckte. Sie hörte ihre Mitkämpfer Husten und um Luft schnappen, bis sich die schwarze Wolke über den Waldboden gelegt hatte und alle Schattenkrieger mit ihr verschwunden waren.

Mirella hatte dieser Zauber mehr Kraft geraubt, als sie sich vorstellen konnte. Die Welt um sie herum wurde still. Bevor sie in die Ohnmacht tauchte, sah sie zu Dien. Er rannte bereits in ihre Richtung und streckte dabei seine Hände nach ihr aus. Seine Lippen formten ihren Namen. Er wollte sie auffangen, bevor ihr Körper den Boden berührte. Es war zu spät, dachte sie. Gleich würde sie der harte Boden zerbrechen. Was für ein sinnloser und unerwarteter Tod. Die Mächtigste unter allen würde der Schwerkraft und der Erde nicht trotzen können. Der harte Boden, der mit Steinen übersät war, würde ihr den Kopf aufschlagen. Wenigstens war Dien das Letzte, was sie sehen durfte. Sie flüsterte seinen Namen, der sie in den Tod begleiten sollte.

Plötzlich fiel sie in warme Hände, die nicht Diens waren.

Dieser Schreck ließ sie die Augen aufreißen und über sich schauen. Es war der junge Schattenkrieger, der ihr von der Wasserkugel gezeigt wurde. Der geheimnisvolle Mann, der viele ihres gleichen gerettet hatte.

Volle Lippen formten sich über sie zu einem Lächeln.

Unerwartet spürte sie zur gleichen Zeit, wie sich ihr Körper mit neuer Kraft füllte. Wie eine Batterie, die aufgeladen wurde.

Wärme durchströmte sie bis in die Fingerspitzen und gab ihr das Gefühl von Sicherheit. Ihre Heilerinnenkräfte waren wieder aktiv und versorgten ihren Körper mit neuer Energie.

Während sie in den starken Armen des fremden Schattenkriegers lag, blickten seine tief dunklen Augen begierig auf sie herunter. Er war genauso verführerisch, wie die Sünde selbst.

Plötzlich wurde sie von Dien aus seinen Armen gerissen, der sie fest an sich drückte. Es war eine besitzergreifende Geste. Er wollte dem Fremden signalisieren, dass sie zu ihm gehört. Auch wenn er ihn mit einem Kopfnicken dankte.

Adan war Dien gefolgt und hielt dem Fremden sein Schwert an die Kehle.

»Wer bist du? Woher kommst du? Wie hast du Mirellas Zauber überwunden und warum bist nicht wie die anderen zu Staub geworden?«

Daralius

Der Unbekannte lächelte unbeeindruckt, senkte aber seinen Kopf fast unmerklich als Zeichen des Respektes.

»Mein Name ist Daralius. Mich hat Arthur - Mirellas Vater geschickt, um sie aufzuspüren und zu beschützen. Da ich nicht gekommen bin, um euch zu schaden, insbesondere der wunderschönen Mirella nicht, konnte mir ihr Zauber nichts tun. Außerdem gefällt mir nicht, was der Schattenkönig vorhat. Wenn alles Gute stirbt, wo bleibt für uns später der Spaß? Wen sollen wir heimsuchen oder ärgern? Außerdem bin ich der Meinung, dass es selbst für den Schatten unter seiner Würde ist, wehrlose Bewohner zu töten.«

»Ich habe dich in der Wasserkugel gesehen, du hast viele gerettet. Wo ist mein Vater? Wird er zu uns stoßen?«

Erwartungsvoll strahlten ihre Augen.

»Leider nicht. Jemand abgrundböses herrscht jetzt über die Schattenwelt. Noch nie wurde sein Gesicht gesehen, weil er eine Maske aus schwarzem Rauch trägt. Zwei rote Augen wie das flackernde Feuer glühen unter dem Dunklen, was ihm umhüllt. Keiner weiß, wer es ist oder wer es vorher war, bevor er sich mit dem absolut Bösen dieser Welt vereinigt hatte.«

»Was bedeutet das?«, fragte Dien.

»Er hat alle bösen Kreaturen dieser Welt in sich vereinigt. Dadurch hat er die absolute Macht erreicht. Normalerweise schwirren diese Kreaturen in der Welt herum im Dienste des Schattens, wie die Albtraumgeister, aber dadurch gibt der König auch ein Teil seiner Macht ab.«

»Ist es mein Großvater?«, fragte Mirella.

»Ich weiß es nicht. Er ist verschwunden. Entweder steckt er unter der Maske oder jemand, der ihn auf diese Weise stürzen wollte, um selbst auf den Thron zu kommen.«

»Was ist mit meinen Vater. Er ist stark genug, um das hier alles zu stoppen. Er hatte einst die Welt verändert!«, polterte Mirella mit weit aufgerissenen Augen.

»Er kann ihn nicht stoppen. Er glaubt, dass der Schattenkönig ihn damit aus der Reserve locken will, daher der Anschlag auf dich. Schließlich sucht die ganze Schattenwelt nach ihm. Wer deinen Vater ausliefert, bekommt einen Platz neben dem König. Ein guter Preis.

Ich vermute, dass der neue König ihm seine Kräfte entziehen will, um selbst die Macht zu besitzen, diese Welt so zu verändern, wie es dem König der Schatten gefällt.«

»Also hält er sich versteckt. Werde ich ihn wieder sehen?«, fragte Mirella, dabei trug ihre Stimme einen traurigen Ton.

»Er wird zu dir stoßen, falls du ihn brauchst. Er würde es nie zulassen, dich sterben zu lassen. Selbst wenn es das Ende dieser Welt bedeuten würde. Aber er weiß, dass du ihn guten Händen bist und das viele zu euch stoßen werden, um dich zu beschützen und um diese Welt zu retten.«

»Er hat auch dich zu uns geschickt. Ich danke dir für deine Hilfe.«

Daralius verneigte sich tief, dabei lächelte er hinterlistig.

Weil sein Kopf nach unten zeigte, konnte niemand die verräterischen Gesichtszüge sehen.

»Der Schatten ist nie selbstlos. Auch ich werde dafür entlohnt werden, mit dem, was ich begehre."

„Und was soll das sein?«, fragte Dien, der sich herausgefordert fühlte, weil er fürchtet, dass er Mirella haben wollte.

»Das lass meine Sorge sein. Ich denke nicht, dass ich dir eine Erklärung schuldig bin. Nimm meine Hilfe an. Falls du sie ablehnst, werde ich trotzdem in eurer Nähe bleiben. Meinen Eid werde ich auf jeden Fall halten.«

Dien kniff seine Augen zusammen. Er wusste, dass er es ihm nie verraten würde. Es wäre unklug gewesen, ihn als Verbündeten abzulehnen. Er hatte keinen triftigen Anlass gehabt, ihn anzugreifen, auch wenn er den Schattenkrieger Daralius nicht glaubte. Es war nur ein Gefühl, eine Vermutung, dass er Mirella aus irgendeinem Grund begehrte. Gleichzeitig war ihm lieber, wenn er den Schattenmann, den er misstraute, vor seinen Augen hatte, als irgendwo hinter seinem Rücken, ohne zu wissen, was er tat oder vorhatte.

»Nein, du bist gekommen, um Mirella zu schützen und uns zu unterstützen. Wir freuen uns, wen du dich uns anschließen würdest«, sagte Dien.

Daralius Augen leuchteten flüchtig auf, als Zeichen seiner Zustimmung, welches er nicht verstecken konnte, während sein Gesicht ausdruckslos blieb.

»Ihr seid ein weiser König«, ein triumphierender Ton lag in seiner Stimme.

❄ ❄ ❄

Während sich Dien und Mirella mit Darius unterhielten, vernahm Adan wieder den honigsüßen Duft in seiner Nähe. Er schlängelte sich um ihn herum und umhüllte ihn. Aktivierte das Raubtier in ihn, dass sie jagen und für sich haben wollte. Aus irgendeinem Grund konnte anscheinend niemand Amalias Anwesenheit spüren, außer ihn. Wahrscheinlich dachte sie, dass sie bereits von allen anderen vergessen worden war und fühlte sich deshalb sicher genug, um sich zwischen ihnen aufzuhalten oder der Bindungszauber ihres Vaters ließ ihr keine andere Möglichkeit. Adam grinste, dass war seine Chance. Möglicherweise war es nur ihm aufgefallen, dass sie sich als Einzige unsichtbar machen konnte. Normalerweise besaßen weder Licht noch die Schattenmenschen diese Fähigkeit. Eine Abnormalität in seiner Welt. Er fragte sich, ob wenigstens der Scharphönix wusste, dass sie da war und sie gewähren ließ oder war ihre Macht groß genug gewesen, dass sie außer ihm niemand spüren konnte.

Adan würde sie nicht einfach so zwischen ihnen akzeptieren, insbesondere nicht als Beschützer des Königs - seines Bruders. Er wusste nicht, ob sie Freund oder Feind war. Einerseits hatte sie alle angegriffen und mit dem Tod gedroht, aber andererseits war auch sie diejenige gewesen, die sein Leben gerettet hatte. Sie war eine starke Frau gewesen, was ihn gefiel. Normalerweise waren die weiblichen Wesen der Lichterwelt, die ständig um ihn herum schwirrten, keine Kämpferinnen. Sie waren alle sehr hübsch gewesen und bewunderten ihn als Kriegshelden, aber genauso waren sie auch langweilig.

Als Dien damals Mirella für sich gewonnen hatte, war Adan das erste Mal in seinem Leben auf seinen Bruder eifersüchtig gewesen. Er hatte eine starke Frau an seiner Seite gehabt, die dazu klug und wunderschön war.

Er dagegen besaß nur einen Harem von Bewunderinnen, die alle gleich zu sein schienen. Keine von ihnen besaß Ecken und Kanten.

Adan ging einige Schritte zurück und näherte sich den Geruch. Sie stand anscheinend ganz hinten, wahrscheinlich versteckte sie sich hinter den riesigen Scharphönix, falls sie ungewollt sichtbar werden würde, da sie ihre Magie nicht mehr aufrecht halten konnte. Meistens passierte so etwas, wenn überraschende Dinge geschahen, der Zaubernde sich erschrak oder abgeleckt wurde.

Er versuchte sich langsam, unmerklich rückwärts zu bewegen. Adan musste den Moment nutzen. Als ihn der Duft fast alle Sinne raubte, tat er das, was ihm sein Körper befehligte, ohne dabei den Kopf zurate zu ziehen. Er sprang auf sie und riss sie mit sich zu Boden. Er lag erneut über ihr und schnappte nach ihren schlagenden Händen, während sie ihn wie ein bockendes Pferd von sich abzuwerfen versuchte. Sie wehrte sich, aber diesmal war er nicht dumm genug gewesen, um ihre Glieder wieder loszulassen. Das Raubtier in ihm freute sich über den Fang.

Als sie sichtbar wurde, wehrte sie sich noch stärker. Beide kämpften und rangen miteinander, ohne dabei die Aufmerksamkeit der anderen auf sich zu ziehen. Kurz gelang es ihr, Adan unter sich zu bekommen, aber dieser rollte sie wieder unter sich zurück.

»Runter von mir!«, schrie sie wütend.

»Was, wenn nicht?«, neckte er sie und lächelte amüsiert.

»Ich hätte dir dein Leben nicht retten sollen. Du bist frech und anmaßend«, stotterte sie kämpferisch unter ihm.

»Ich bin dir dafür aber sehr dankbar. Wenn du mich nicht gerettet hättest, dann wäre mir dieses Vergnügen mit dir durch das Gras zu rollen, vorenthalten geblieben.«

»Geh jetzt endlich runter von mir«, schrie Amalia noch aufgebrachter, dabei versuchte sie ihn zu beißen.

»Eine Wildkatze bist du! Ich frage mich nur, wie du unter dieser Maske aussiehst. Vielleicht sollten wir sie einmal herunterziehen«, schlug Adan vor.

»Wage es nicht.«

Amalia versuchte ihren Kopf wild hin und her zu drehen. Aber Adan druckte sie noch fester unter sich und bekam ihre Maske mit seinen Zähnen zu fassen. Langsam zog er sie ihr runter. Als er seine alte Position wieder einnehmen wollte, um ihr Gesicht sehen zu können, streifte sein Mund ihre vollen Lippen. Es war eine zarte, zufällige Berührung gewesen, die ihn erregte.

»Du unverschämter, rüpelhafter Kerl«, schrie sie.

Gerade als Adan sich entschuldigen wollte, obwohl es ihn nicht wirklich leidtat, hörte er Diens erboste Stimme.

»Dankst du etwa so jemanden, der dir dein Leben gerettet hat?«

»Ich dachte, dass sie uns von hinten angreifen wollte. Schließlich war sie immer noch unsichtbar und versteckt«, log Adan.

Irgendwie wusste er, dass von ihr keine Gefahr ausging. Hätte sie alle töten wollen, dann hätte sie es längst getan. Adan kam es so vor, als ob sein Bruder seine Gedanken lesen könnte.

»Sie hätte es schon längst tun können. Außerdem hat sie uns einen großen Dienst erwiesen, indem sie uns beim

Kampf gegen die Schatten unterstützt hat. Dank ihres Mutes bist du noch am Leben. Als Strafe für deine Unverschämtheit bist du jetzt für sie verantwortlich. Du wirst sie mit deinem Leben beschützen, selbst wenn meins in Gefahr ist. Hast du mich verstanden? Und jetzt geh runter von ihr«, befahl Dien.

»Ich brauche keinen Beschützen und schon gar nicht ihn!«, fauchte Amalia, während sie Adan von sich runter schubste, nachdem er ihre Arme freigegeben hatte.

»Ich habe es deinem Vater versprochen. Er wird nicht von deiner Seite weichen. Diese Entscheidung ist endgültig und du kannst nichts dagegen tun«, sagte Dien in einem diktatorischen Ton.

❉ ❉ ❉

Mirella war überrascht, sie kannte Dien nicht als Herrscher, der keinen Widerspruch duldete. Er hatte sich stets von seiner sanften und liebevollen Seite gezeigt.

Adan nickte als Zeichen, dass er den Befehl seines Bruders verstanden hatte. Dien kam es sogar so vor, als ob er ihn damit nicht bestraft, sondern belohnt hatte, da dieser anschließend Amalia unverschämt angrinste, während er ihr seine Hand anbot, um ihr auf die Beine zu helfen.

Amalia schnaufte und lehnte seine Hilfe ab, indem sie sich mit nur einem Satz selbst auf die Beine stellte.

Schild und Schwert

»Was zeigt dir die Wasserkugel?«, fragte Dien ungeduldig, während alle anderen sich herum drängelten, obwohl sie nichts sehen konnten.

»Sie enthüllt mir einen Schild und ein Schwert. Diese zerbrechen in drei Teile und verteilen sich an verschiedenen Orten.

Gehilz des Schwertes und der Griff vom Schild sind irgendwo hier im Wald versteckt, besser gesagt auf der Krone eines verzauberten Baumes«, erklärt Mirella.

»Das ist der Baum der Ewigkeit. Er besteht aus vielen Körperteilen und zwar von denjenigen, die versucht haben an seinen Schatz zu kommen. Wer die Griffstücke nicht besitzt, kann auch die anderen zwei fehlenden Teile nicht zusammenfügen. Anscheinend brauchen wir die Waffen gegen den Schattenkönig, sonst hätte uns die Wasserkugel diese nicht gezeigt.

Das Schwert ist stark genug, um jede Macht auf dieser Erde zu töten, egal welche Kräfte es besitzt. Das Schild dagegen verhindert, dass das herausströmende Böse dich angreift oder deinen Körper in Besitz nimmt. Er wehrt alle entfliehenden Kräfte und Kreaturen von dir ab. Falls du dieser Waffen würdig sein solltest, dann werden sie wieder an ihren alten Platz verschwinden, nachdem sie nicht mehr gebraucht werden. Es war immer so gewesen und wird immer so sein. Niemand darf die absolute Macht über alles und jeden Besitzen«, erklärte der Scharphönix.

»Ich bin bereit. Wo lang geht es?«, frage Mirella mutig.

»Wir müssen fliegen, nur von oben kann man die Griffe entwenden. An seiner Spitze wirst du statt Zweige Menschenkörper erkennen, die ihre Hände und Finger nach oben gestreckt habe. Zwei von ihnen halten die Griffe in ihren Händen fest. Wenn du runter kletterst und nach diesen greifst, wirst du entweder ein Teil des Baumes werden oder er wird sie dir freiwillig aushändigen. Ich habe viele kommen, aber niemanden wieder gehen sehen.«

»Ich muss es versuchen, wenn nicht ich, wer sonst«, verkündete Mirella.

»Du bist die Auserwählte, nur dir gehorcht die Wasserkugel. Wahrscheinlich wird dir Schwert und Schild ebenfalls treu sein«, sagte der Scharphönix in einem überzeugenden Ton.

»Ich lasse dich auf gar keinen Fall alleine gehen«, protestierte Dien.

»Wir alle werden mit euch gehen«, sagte Adan.

»Du Mirella und Dien werdet auf meinen Rücken steigen, da ich als Einziger weiß, wo dieser Baum zu finden ist«, schlug der Scharphönix vor.

»Ich werde euch mit Amalia auf meinem Pferd Sesam folgen«, bestätigte Adan ohne Amalia um Erlaubnis zu fragen, aber was blieb ihr auch anderes übrig.

»Was ist mit Daralius? Er kann mit uns reisen«, schlug Mirella vor.

»Auf gar keinen Fall. Der Scharphönix kann nicht mehr als zwei tragen«, beschwerte sich Dien, auch wenn er dies aus einem ganz anderen Grund nicht wollte.

»Keine Sorge, ich habe meinen Cesar«, Daralius grinste.

»Wer ist Cesar?«, fragte Adan.

Daralius pfiff einmal und ein riesiger schwarzer Wolf mit fletschenden Zähnen und rabenschwarzen Flügeln kam auf die Lichtung zugeflogen. Er wirkte bei der Landung so groß wie das Pferd von Adan, nur gefährlicher.

Daralius stieg auf seinen geflügelten schwarzen Wolf und wartete.

»Wie hast du ihn gezähmt?«, fragte Mirella neugierig und fasziniert zu gleich, was Dien überhaupt nicht gefiel.

Ich beherrsche die Tiere. Sie tun alles, was ich will. Das ist meine dunkle Gabe«, antwortet Daralius übermütig und schwang sich mit Cesar in die Lüfte, um Mirella zu beeindrucken.

Die anderen folgten Daralius und Cesar, bis der Scharphönix die Führung übernahm.

Mirella saß vor Dien. Er umklammerte sie mit einer Hand und hielt sich am Fell vom Scharphönix mit der anderen fest. Sie konnte immer noch Diens wütendes Schnauben hinter sich hören.

Amalia dagegen saß hinter Adan. Es machte ihm Spaß, sie jedes Mal beim Höhenflug so zu erschrecken, dass sie sich fest an ihn presste, aus Angst herunterzufallen.

Daralius dagegen, der einsam auf seinen Cesar saß, überholte öfters den Scharphönix und machte dabei einige Kunststücke, um Dien zu ärgern.

Auch wenn Mirella ihn nicht einmal richtig sehen konnte, da der riesige Kopf vom Scharphönix ihr das Blickfeld nahm.

❄ ❄ ❄

Bereits von weit oben konnte Mirella die von Entsetzen gekennzeichneten Gesichter und vor Schmerz verzehrten Holzkörper erkenne, die ihre Hände in die Luft gestreckt hatten, als ob sie hoffen würden, dass jemand ihre Hand ergreift und sie aus dem Baum herausziehen würden. Ein Körper nach dem anderen war über, unter und neben den andere gereiht. Die Untersten mussten als Stamm die ganze Last tragen, obwohl Mirella nicht einmal wusste, ob sie überhaupt noch etwas fühlten, empfand sie Mitleid. Eine Frau hielt den Griff des Schwertes und ein Mann die Halterung des Schildes fest.

Der Scharphönix flog ganz nah an den Baum heran. Dien hielt Mirella dicht an sich gepresst. Er wollte sie auf gar keinen Fall gehen lassen. Mirella spürte, wie sein Herz gegen ihren Rücken donnerte, während ihr heißer Schweiß den ganzen Körper runter floss. Ihre Hände zitterten und die Angst brachte sie fast um, trotzdem wusste Mirella, dass sie gehen musste.

»Wenn ich nicht gehe, dann werden wir alle sterben. Lass es mich versuchen. Hab keine Angst, ich habe die Heilerkräfte in mir. Außerdem ist meine Liebe zu dir viel zu groß, um dich einfach aufzugeben«, beschwichtigte sie Dien in einem sanften Ton.

»Wenn du nicht wiederkommst, dann werde ich zu dir runterkommen, dich umarmen und dein Schicksal mit dir in Ewigkeit teilen«, versprach ihr Dien.

»Ich kann nicht näher an den Baum heranfliegen, wenn ich ihn berühre, werde ich selbst zu seiner Geisel aus Holz«, schrie der Scharphönix, was Dien noch nervöser machte.

»Ich komme wieder zu dir zurück«, flüsterte Mirella, bevor sie sich von Dien losriss und runter sprang.

Dien sah ihr hilflos nach, überlegte hinterher zu springen, aber die Angst, dass er sie dadurch in größere Gefahr bringen könnte, hielt ihn zurück.

Mirella landete zwischen den Körpern. Es war also noch genug Platz gewesen, um auch sie und vielleicht Dien dort aufzunehmen. Sie würden aber nicht wie die anderen versuchen zu fliehen, nein, sie würden ihren Körper um Dien schlingen und darauf hoffen, dass sie nie wieder jemand trennen würde, wenn sie ineinander verwachsen waren.

Ihr nächster Gedanke war, dass es ihr gut ging. Immer noch durfte sie leben. Sie blickte in den Himmel und winkte den anderen zu, als Zeichen, dass ihr nichts passiert ist. Als sie sich den hölzernen Personen näherte, war ihr so, als ob sie sich bewegt hätten. Vielleicht haben sie ihr sogar nachgeschaut. Langsam griff sie nach dem Gehilz, um ihn aus den Händen der Frau zu befreien, was anscheinend gar nicht möglich war.

Einen Wimpernschlag später schnappte eine Holzhand nach ihr. Sie war glatt und kalt. Die hölzerne Frau drehte sich zu Mirella um. Jetzt hielt die unbekannte Frau mit einer Hand den Schwertknauf fest und mit der anderen Mirellas Arm. Als Dien das sah, wollte er sofort zu ihr, aber der Scharphönix flog bewusst vom Baum weg.

»Du kannst ihr nicht helfen. Durch dich würde sie nur in größere Gefahr geraten. Habe Geduld. Sie ist stark«, erklärte er.

Dien fluchte, aber es blieb ihn nichts anderes übrig. Besorgt sah er zu ihr und war machtlos. Die Entfernung war viel zu groß, um irgendetwas tun zu können. Falls sie stirbt, würde er sich von oben hinabstürzen, um mit ihr unterzugehen.

❋ ❋ ❋

Mirella befürchtete, bei dieser Berührung selbst zu einer Holzfigur zu werden. In diesem Augenblick ging ihr Dien und ihr Versprechen durch den Kopf. Sie sah nach oben zu ihm und konnte ihn nicht erkenne. Nicht noch einmal in seine Augen tauchen. Der Scharphönix war zu hoch. Sie flüsterte Diens Namen, er sollte wenigstens das Letzte sein, was sie hören und sagen durfte, bevor sie für immer verschwand.

Doch plötzlich sprach die Unbekannte, die sie am Arm hielt, mit ihr und alle Holzfiguren um sie herum erwachten zum Leben.

Mirella war jetzt umzingelt und alle Augenpaare waren auf sie gerichtet gewesen. Ihr kam es so vor, als ob sie näher an sie herangetreten waren.

»Warum begehrst du das, was wir beschützen?«, fragte das unbekannte Wesen, was anscheinend den Geist des Baumes darstellte. Die Stimme war weder weiblich noch männlich. Ihre Klangfarbe erinnerte Mirella an ein Chor sprechender Menschen.

»Ich begehre nicht dein Eigentum. Wollte dir nichts stehlen, leid antun oder betrügen. Ich möchte nur diese Welt retten, in der auch du lebst.

Leih mir den Schwertknauf und die Schildhalterung, damit ich wieder diese Welt ins Gleichgewicht bringen kann«, sagte Mirella in der Hoffnung, den Geist des Baumes damit besänftigen zu können.

»Ich lebe schon seit einer Ewigkeit. Die meisten Menschen oder Zauberwesen haben mich versucht zu fällen, zu verbrennen, zu verzaubern, mich mit meinen Wurzeln aus der Erde zu holen, nur um sich das zu nehmen, was sie begehren. Du bist die Erste, die mich darum bittet. Ich gebe dir die Sachen unter einer Bedingung«, verkündete der Baumgeist.

Mirella schluckte einen so dicken Kloß herunter, dass sie das Gefühl bekam, daran zu ersticken. Da ihr kein Wort entweichen wollte, nickte sie ehrfürchtig.

»Jeder, der diesen Baum betritt, darf ihn nicht mehr verlassen, außer jemand ersetzt seinen Platz.«

Mirella dachte krampfhaft über die Worte nach, sie konnte keinen verfluchen, hier an ihrer Stelle zu bleiben. Jetzt lief ihr kalter Schweiß den Rücken herunter und ein Kribbeln breitete sich in ihren Händen aus.

»Es tut mir leid, ich kann dir niemanden von meinen Freunden aushändigen. Keiner hat es verdient, hier statt meiner zu büßen.«

Die Holzfrau lächelte sie an.

»Dann willst du hierbleiben und selbst für deinen Fehler büßen?«

Mirella nickte.

»Wie willst du dann diese Welt und damit auch mich retten?«, fragte die Holzfrau.

Mirella hob die Schultern als Zeichen, dass sie es nicht wusste.

»Würdest du mir versprechen wiederzukommen, wenn ich dich jetzt gehen lasse?«, fragte die Holzfrau.

Mirella sah in den Himmel zu Dien, atmete tief aus und nickte erneut, da sie mit den Tränen kämpfte und dadurch nicht reden konnte.

»Du bist das erste selbstlose Wesen auf dieser Welt, was ich kennenlernen durfte«, wisperte die Holzfrau, »dabei lebe ich schon seit Anbeginn der Zeit.«

»Ich werde ihren Platz einnehmen«, schrie Dien plötzlich, der immer noch zu weit vom Baum entfernt war. Der Scharphönix dachte nicht einmal daran, näher heranzufliegen, jetzt, wo der Geist erwacht war. Genauso hielten aber auch die anderen einen respektvollen Abstand, die vor Anspannung keinen Ton herausbekamen.

»Niemals«, schrie Mirella zurück.

Plötzlich murmelten Tausende von Stimmen um sie herum. Sie konnte dabei kein Wort verstehen. Bis sie plötzlich gleichzeitig verstummten.

»Jemand muss deinen Platz einnehmen, das ist das Gesetz und selbst ich kann es nicht ändern. Wenn ich dir die Sachen einfach so gebe, dann würden Tausende kommen, um die Macht an sich zu reißen. Ich gebe dir die Dinge im Wissen, dass sie wieder zu mir zurückkommen, nachdem dein Kampf beendet ist. Ich habe bestimmt, dass deinen Platz derjenige einnehmen muss, der Grund für dein Kommen ist. Selbst wenn er durch dich stirbt, wird sein Körper hier bei uns verweilen, als Mahnung für alle anderen, die kommen, um mich herauszufordern oder diese Welt beherrschen zu wollen. Er wird vor deinen Augen genauso verschwinden wie die geliehenen Waffen.«

Freudentränen flossen Mirella die Wangen hinab.

»Ich danke dir. Es war mir eine Ehre«, sagte Mirella und verbeugte sich tief vor der Holzfrau. Im gleichen Augenblick fand sie sich auf den Scharphönix wieder und hielt die zwei Gegenstände in der Hand. Dien umklammerte sie fest und küsste ihren Hals, während er vergötternd ihren Namen abermals flüsterte.

»Ich hatte eine riesige Angst um dich gehabt«, stammelte er.

»Er wird sich den Schattenkönig an meiner Stelle holen«, sagte Mirella schnell, bevor Dien auf irgendwelche dummen Ideen kam, auch wenn der Scharphönix schon längst wieder Anflug auf eine Lichtung genommen hatte, die ganz in der Nähe war.

»Das ist wunderbar. Wie hasst du das geschafft?«, fragte Dien.

»Weil ich die Waffenstücke nicht für mich nutzen will, sondern die Welt damit retten möchte, muss ich den Preis dafür nicht selber zahlen. Aber der Schattenkönig, der Grund für mein Eindringen war, um diese Gegenstände zu entwenden, muss statt meiner dort in Ewigkeit bleiben. Nachdem ich ihn besiegt habe, wird er mit den Waffen seinen Platz einnehmen«, erklärte Mirella die Bedingungen des Baumgeistes.

Dien drückte sie vor Freude noch fester an sich.

»Das sind gute Nachrichten. Damit wird der König für immer unschädlich gemacht. Niemand wird mehr auf die Idee kommen, die Welt zu seinen Gunsten zu verändern oder die Weltherrschaft anzustreben«, freute sich Dien.

»Hoffentlich versage ich nicht.«

»Wir werden nicht versagen«, bestärkte sie Dien.

Der Scharphönix landete butterweich. Daralius flog noch einmal dicht über ihre Köpfe, bevor er mit Cesar die Landung antrat, nur um Dien zu ärgern. Adan schien seinen Flug mit Amalia so sehr zu genießen, dass er Sesam immer wieder dazu anspornte hochzufliegen. Amalia schrie nicht, aber ihr Gesicht sprach hundert Worte, während sie sich fest an Adan drückte. Entweder ist sie vorher noch nie geflogen, wovon Mirella ausging oder sie hatte Flugangst. Vielleicht sogar beides, aber wenn sie Amalia darauf ansprechen würde, dann wusste sie mit einer hohen Sicherheit, dass sie es nie zugeben würde. Der Stolz, den sie aus jeder Poore ausstrahlte, würde es nicht zulassen. Andererseits übertrieb es auch Adan ordentlich.

❄ ❄ ❄

Adan genoss die Nähe von Amalia und auch ein wenig sie zu ärgern, aber irgendwann musste auch er landen, und das war der Moment, als er sah, dass Mirella wieder die Wasserkugel aus dem Rucksack nahm.

Auf den Boden angekommen, half Adan seiner Begleitung vom Pferd herunter, dabei fiel sie ihm direkt in die Arme und vergrub ihr Gesicht in seine Schulter, da ihr speiübel war.

Adan tat es leid, als er merkte, dass es ihr schlecht ging. Er wollte sie nicht quellen, sondern nur ein wenig necken. Er drückte sie etwas fester an sich.

»Geht es dir gut?«, flüsterte er so leise, dass es nur sie hören konnte.

Amalia löste sich etwas von ihm und beide versanken tief in die Augen des anderen. Wobei Adan schwören könnte, dass sie ihn umbringen wollte.

Gerade als Amalia etwas antworten wollte, kam ihr Mirella zuvor.

»Ist alles in Ordnung? Brauchst du etwas?«

Amalia stellte sich auf ihre Beine und löste sich von Adan.

»Es geht mir gut, Danke. Ich glaube, dass ich nur etwas Hunger habe und mir deshalb etwas schlecht geworden ist«, antwortete Amalia.

Mirella wundert sich, dass sie ihre Übelkeit zugegeben hatte.

»Ich laufe in den Wald und versuche uns etwas zu erjagen. Es ist schon zu spät, um heute noch weiter zu reisen«, sagte Adan.

»Ich gehe«, mischte sich Amalia ein, »ich kann mir mein Essen selbst erjagen.«

»Wir", betonte Adan,»jagen gemeinsam das Abendessen für uns alle.«

Bevor die beiden wieder übereinander herfielen, mischte sich Dien ein.

Adan hat recht, es ist schon spät und wir sollten unsere Kräfte für morgen sammeln. Wir alle haben Hunger und da Adan auf Amalia aufpassen muss, soll sie ihn bei der Jagd begleiten.«

»Oder er mich bei meiner«, widersprach Amalia, schließlich war sie kein kleines Kind, was sich nicht selbst versorgen konnte oder auf sich aufpassen konnte.

Dien grinste.

»Gute Jagd. Ich hoffe, ihr habt Glück.«

Adan legte seine Hand auf Amalias Rücken, um sie in seine gewünschte Richtung zu lenken. Sie blieb kurz stehen, obwohl er weiter lief, als ob sie überlegen musste, ob sie ihn auch wirklich folgen wollte. Doch nach einigen Sekunden ging sie mit ihm in den Wald hinein.

Mirella starrte auf die Wasserkugel, wartete aber geduldig darauf, dass Adan und Amalia in den Wald verschwanden, bevor sie hineinschaute und ihre Frage stellte.

»Versammelt sind wir hier um dich,
wohin führt das Schicksal mich.

Zeige mir den nächsten Gegenstand,
wo ist es versteckt, in welchem Land.
Welche Gefahren lauern dort,
zeige mir das Geschöpf und den genauen Ort.«

Ein Bild erschien, was wieder nur Mirella sehen konnte. Es zeigte das Wüstenland Nabir. Das neben verschiedenen Wüstenlandschaften auch Berge und Vulkane besaß. Das Bild blieb bei der Eiswüste stehen.

Irgendwo dort war ein Stück der Klingel und des Schildes versteckt gewesen, aber wo nur? Warum zeigte ihr die Kugel nicht, wer sie bewachte oder welche Gefahren auf sie warteten. Kaum hatte Mirella diesen Gedanken zu Ende gedacht, hörte sie Diens Stimme.

»Was siehst du?«

»Ich sehe die Eiswüste von Nabir. Aber nicht, wo die nächsten Waffenteile versteckt sind oder wer sie bewacht. Vor allem frage ich mich, welche Gefahren dort auf uns warten.«

»Ein starker Zauber schützt den Aufenthaltsort. Wenn es so einfach wäre, diese Teile zu finden und zusammenzufügen, dann hätte das schon längst jemand gemacht. Beim Baum hattest du Glück, aber wirst du es auch dort schaffen?«, mischte sich Daralius ein.

»Sie kann es schaffen, wenn sie dafür auserwählt wurde. Sie will das Schwert und das Schild nicht, um die Macht an sich zu reißen, sonder um uns alle und die Welt aus der Tyrannei deines Herren zu befreien«, äußerte sich der Scharphönix.

Zwei rote Augen erglühten in der einbrechenden Dunkelheit und Daralius Körper glühte wie Lava. Dien sprang kampfbereit auf.

»Er ist nicht mein Herr. Ich bestimme selbst über mich«, zischte Daralius erbost.

»Du hast recht Daralius. Wir alle bestimmen selbst über unser Leben. Wenn du kein freier Mann sein solltest, so wirst du es nach dem Sieg über den Schattenkönig sein. Ich verspreche es dir«, sagte Mirella in einer so sanften Stimme, dass es wie ein Engelsflüstern klang.

Daralius beruhigte sich schnell. Seine Augen verschmolzen mit der Dunkelheit der Nacht und sein Körper erkaltete wie Eis. Auch Dien setzte sich wieder hin.

Mirella spürte die Anspannung zwischen den Männern, darum versuchte sie ein neues Thema in Gang zu bringen.

»Jungs, vielleicht sollten wir ein Lagerfeuer in Gang bringen. Es wird immer dunkler, außerdem sind bestimmt Adan und Amalia mit unseren Abendessen gleich zurück.«

Mirella wollte ihre Hände nach vorne strecken, um zu zaubern, da unterbrach sie Daralius.

»Wenn du so weiter zauberst, hetzt du uns noch die ganze Schattenarmee auf den Hals.«

»Du hast ihr gar nichts zu befehlen«, knurrte Dien.

»Ich befürchte, dass Daralius recht hat«, sagte der Scharphönix.

»Und wie sollen wir sonst ein Lagerfeuer anzünden?«, fragte Mirella.

»Du wirst schon sehen«, freute sich Daralius und ging in die Nacht hinein.

»Ich wusste gar nicht, dass sich auch Schattenmänner über etwas freuen können«, flüsterte Mirella.

»Er ist anders als die anderen in der Schattenwelt. Er kann es nur sehr gut verstecken«, sagte der Scharphönix.

»Wer sind seine Eltern?«, fragte Mirella.

Der Scharphönix schaute zu Dien.

»Er ist dein jüngerer Bruder, der in der Schattenwelt aufwachsen musste«, antwortete der Scharphönix.

Dien, der sich im ersten Moment nicht angesprochen gefühlt hatte, riss die Augen auf.

»Du musst dich irren!«, stotterte er.

»Ich weiß alles. Ich irre mich nie.«

»Du musst dich irren. Mein Bruder ist Adan und meine Schwester ist Safa. Wenn ich noch weitere Geschwister hätte, dann würde ich es wissen«, entgegnete Dien, der sich weigerte, Daralius als seinen Bruder anzuerkennen.

»Deine Mutter war mit ihm schwanger gewesen, als der Seelenfänger sie abgeholt hatte. Nicht einmal dein Vater oder deine Großmutter hatten davon gewusst. Sie bekam das Kind in der Schattenwelt und behauptete, dass er von einem Schattenkrieger stammt, den dein Vater aus Eifersucht zuvor getötet hatte, was natürlich nicht stimmte. Er hatte ihn getötet, weil er deine Mutter aufgespürt hatte.

Um euch vor den Seelenfänger und den Schatten zu schützen, blieb sie mit dem Kind dort. Selbst Daralius hat sie bis zum heutigen Tag nichts davon erzählt, aus Angst, dass alle ihre Kinder dadurch in Gefahr geraten könnten«, erklärte der Scharphönix.

Dien war geschockt.

»Er sieht uns gar nicht ähnlich«, stotterte er schließlich.

»Richtig, das ist auch sein Glück. Ihr drei seht eurem Vater und seiner Familie ähnlich. Daralius dagegen eurer Mutter und ihrer Familie. Er hat sogar die Kraft des Feuers von seiner Mama geerbt und die Kraft, die Tiere zu beherrschen von eurem verstorbenen Vater. Auf diese Weise hat er wie jeder Graue etwas von seiner Mutter und etwas von seinem Vater«, erzählte der Scharphönix.

»Du hast so ein Glück. Ich wünschte, ich hätte Geschwister«, freute sich Mirella für Dien.

Dien spürte in seinem innersten, dass irgendetwas nicht stimmen konnte. Er konnte sich nicht daran erinnern, dass seine Eltern solche Kräfte besessen hätten. Andererseits war er damals auch klein gewesen, als sie aus seinem Leben für immer verschwunden waren.

Bevor er etwas dazu sagen konnte, kam Daralius mit einem Bündel gesammelten Feuerholz zurück.

Er warf das Holz vor ihnen auf den Boden, streckte seine Hände nach vorne und berührte die Holzstücke, dabei ließ er seine Handflächen so lange erglühen, bis es ein Feuer gab.

Dien war von der Neuigkeit, dass dieser Mann sein Bruder sein sollte, so überwältigt gewesen, dass er unter Schock stand.

Seine Gefühle pendelten zwischen Misstrauen und Freude. Einerseits sah er keinen Grund, dass der Scharphönix log, andererseits fühlte er, dass dieser Mann nicht sein Bruder sein konnte.

Daralius interpretierte Diens Gesichtsausdruck falsch.

»Da staunst du? Du hast nicht erwartet, dass ich so etwas kann. Ich kann noch viel mehr mit dem Feuer in mir anstellen«, sagte Daralius.

Dien entschloss sich ihn erst einmal nicht aufzuklären und mit einer Kopfbewegung machte er das auch Mirella und dem Scharphönix klar.

»Ja, das habe ich nicht erwartet«, antwortete Dien und meinte es doppeldeutig.

Nach genauerer Betrachtung sah er die Ähnlichkeiten mit seinen Geschwistern und ihm oder meinte sie zu sehen.

Daralius hatte wie sein Bruder Adan ein Tier, das er liebte. Bei Adan war es Sesam, bei ihm eben Cesar. Er kümmerte sich rührend um andere, auch wenn es ihm nicht bewusst war, wie seine Schwester Safa und er hatte anscheinend den gleichen Geschmack wie Dien, da ihm unübersehbar Mirella gut gefiel. Wahrscheinlich teilte er noch viele andere Eigenschaften mit ihnen, die er in der kurzen Zeit nicht entdecken konnte.

Und doch war er gleichzeitig ganz anders als sie. Er versuchte die Gesichtszüge seiner Mutter in ihm zu erkennen. Ein Lächeln verließ seinen Mund, als er an sie dachte.

»Jetzt haben wir es heute Abend schön warm. Danke Daralius. Hoffentlich kommt bald Adan mit Amalia zurück«, unterbrachen Mirellas Worte seine Gedanken und lenkten Diens in eine andere Richtung.

Ja, hoffentlich geht es ihnen gut und sie haben etwas erlegt. Ein Reh oder zwei, dachte er.

❄ ❄ ❄

Adan ließ Amalia im Waldinneren vor laufen und die Richtung bestimmen, insbesondere weil sie darauf gedrängt hatte. Außerdem hatte er so eine prima Aussicht vor sich gehabt. Er lachte in sich hinein, wenn sie das nur geahnt hätte, dass er jetzt besser ihren fantastischen Körper inspizieren konnte, dann hätte sie bestimmt nicht darauf bestanden. Auch wenn sie am Anfang gezögert hatte vor zu gehen, da er sofort damit einverstanden war. Sie bewegte ihre Hüften göttlich und ihr Po zog seine Blicke magisch an.

Warum sollte er sie auch nicht vorgehen lassen, niemand konnte sie im Wald sehen und schließlich konnten alle bezeugen, dass er sie in die Richtung geführt hatte, die er einschlagen wollte und nicht Amalia.

Am liebsten hätte er sie zwischendurch geneckt, nur um ihre wunderschönen Augen und damit ihre Aufmerksamkeit auf sich zu ziehen. Aber alle hatten riesigen Hunger. Langsam knurrte ihm auch der Magen und er konnte nur hoffen, dass er damit nicht das Wild vertrieb.

Plötzlich blieb Amalia stehen, da sie etwas gehört haben musste, was ihm verborgen geblieben war, da er sich nur auf sie konzentriert hatte.

Amalia streckte ihre Hand in Richtung Boden und murmelte etwas Unverständliches.

»Aus Erde und Sand,
eine Waffe in meine Hand.«

Plötzlich bildete sich aus der Walderde eine Armbrust, die nur noch abgeschossen werden musste.

Amalia zielte in einen Busch hinein und erlegte einen Hasen. Adan trat näher, er stand dicht hinter ihr.

❆ ❆ ❆

Sie konnte seinen Atem auf ihre Haut spüren und einen Duft von Früchten schlich sich in ihre Sinne, der sie verwirrte. Nur angeborenen Lebenspartner konnten den Duft des anderen wahrnehmen und sie weigerte sich, ihren gefunden zu haben.

Insbesondere wenn dieser so unverschämt war wie Adan. Er hatte sich bereits zwei Mal auf sie gestürzt, ohne sich zu entschuldigen und sie anschließend so lange auf seinem Pferd geschaukelt, bis ihr schlecht wurde.

»Ein Hase. Sehr guter Schuss. Nur das wir nicht alle satt davon werden können. Wir müssen weiter jagen«, hauchte Adam ihr die Worte ins Ohr, während sie das Gefühl hatte, dass er an ihr roch.

Amalia ging auf den Hasen zu, um Abstand zu nehmen.

»Ein Hase ist besser als nichts! Zumindest habe ich etwas erlegt!«, betonte sie die letzten Worte, nur um Adan zu ärgern.

Sie wusste zu genau, dass er ein Alphatier sein wollte, aber da würde er sich die Zähne bei ihr ausbeißen. Sie war es gewohnt, die Zügel in den Händen zu halten und die Richtung zu bestimmen.

»Die Nacht ist noch jung. Ich habe meine Beute bereits ausgemacht.«

Adans Augen glänzten und er machte ein vielsagendes Gesicht. Amalia wusste ganz genau, dass er sie damit meinte, aber sie war kein Hase.

Ohne eine Antwort darauf zu geben, zog sie ein scharfes kurzes Messer aus der Scheide, das ihr an der rechten Hüfte hing, und schlitzte den Hasen auf, um ihn von seinen Innereien zu befreien.

Adan staunte nicht schlecht. Die Mädchen, die er sonst kannte, waren viel zu zartfühlend, um einen Hasen zu töten, geschweige ihn auszunehmen. Aber gerade das gefiel ihm so gut an Amalia. Sie war eine kämpferische Natur. Eine starke Frau, mit der es wahrscheinlich nie langweilig wurde.

»Hast du noch eine Beute in Sicht? Falls ja, hoffe ich, dass du sie liebevoller behandelst«, bohrte Adan nach, nur um in Erfahrung zu bringen, ob er ihr gefiel.

Gerade als Amalia antworten wollte, heulte ein Rudel Wölfe in ihrer Nähe auf. Es klang so, als ob sie sich sammelt würden. Aber was jagten sie?

Adan zog sein Schwert aus der Scheide und drängte Amalia hinter sich, um sie vor den Wölfen zu schützen.

Amalia wusste nicht, ob sie diesbezüglich glücklich oder wütend sein sollte. Sie brauchte keinen Schutz. Sie war fähig, sich selbst zu verteidigen. Andererseits, dachte sie, war seine Geste liebevoll und aufmerksam gewesen. Ein verhalten, was sie von Männern normalerweise nicht kannte, zumindest nicht in ihrer Welt.

Andererseits hatte sie auch dem männlichen Geschlecht nie gestattet, sich ihr zu nähern. Insbesondere da ihr Vater der Seelenfänger war. Bestimmt waren viele nicht gut auf ihn zu sprechen gewesen und damit auch nicht auf sie. Adan unterbrach ihre Gedanken.

»Wahrscheinlich haben die Wölfe das Blut von dem Hasen gerochen.«

Amalia steckte den Hasen in ihren Rucksack und schnürte diesen Fest zu, in der Hoffnung, damit den Geruch des Fleisches etwas zu dämpfen.

»Wir müssen uns von hier entfernen und lassen den Wölfen das Innere des Hasens übrig«, schlug Amalia vor.

Adan nickte und sie liefen tiefer in den Wald hinein.

Auch nachdem sie sich über einen Kilometer von der Stelle entfernt hatten, wurde das Wolfsheulen immer lauter.

»Sie jagen uns. Wahrscheinlich sind wir hier im Wald eine Delikatesse«, rief Adan hinter Amalia.

Amalia konnte es nicht fassen, selbst in Lebensgefahr machte dieser Typ Witze.

»Das habe ich auch bemerkt. Aber heute steht Amalia nicht auf der Speisekarte«, schrie sie.

»Adan auch nicht«, korrigierte er sie.

Obwohl Amalia sehr schnell lief, so rasch, dass Adan mit ihr kaum schritthalten konnte, stürzte sich ein Wolf von der Seite auf sie. Sie hatte ihn nicht kommen sehen, da er in einem Buschgewächs auf sie gewartet hatte.

Amalia stürzte zu Boden und rollte einen Abhang herunter.

Sekundenschnell fanden sich auch andere Wölfe ein. Sie umzingelten ihr Opfer und waren bereit, Amalia gemeinsam anzugreifen. Die meisten Zauberwesen verfielen in eine Art Zauberstarre, darum waren die meisten Krieger auch in den Kampfkünsten ausgebildet gewesen. Amalia erging es nicht anders, aber sie konnte sich wenigstens unsichtbar machen und das nur, weil es das Erste war, was mit ihrem Körper passierte, wenn sie Angst hatte. Es war ein Gabengeschenk ihres Vaters gewesen, der diese Bezahlungsart von einem Zauberer bekommen hatte, den er einst von einem Grübler befreit hatte, der seine Sinne ständig durcheinandergebracht hatte.

Leider nutzte es ihr nicht viel, da sie die Wölfe anscheinend riechen konnten. Sie fletschten ihre Zähne aus dem Schaum herauslief. Ihre Augen glühten in der fortschreitenden Dunkelheit. Wut und Angriffslust zeichneten ihre Gesichtszüge. Amalia kannte diese Tiere und wusste, dass ihr Verhalten nicht normal war.

Das böse hatte selbst sie in Besitz genommen.

Wenn sich Amalia jetzt eine Waffe zaubert, dann würde sie dadurch sichtbar werden und den Tieren einen Grund geben, sie anzugreifen. Es blieb ihr nichts anderes übrig, als abzuwarten.

❉ ❉ ❉

Adan kam den Abhang auf einen Holzstamm herunter geschlittert und zog die Aufmerksamkeit der Wölfe auf sich. Eine andere Idee, um sie zu retten, hatte er in seiner Panik nicht. Sie liefen ihm alle hinterher und vergaßen dabei Amalia. Ein tiefer Atemzug verließ ihren Mund, noch nie hatte sie so eine große Angst verspürt. Schweiß lief ihr die Stirn runter, während sie sich immer noch nicht traute, ihren Leib zu bewegen.

Obwohl sie im Schockzustand nichts gefühlt hatte, war ihr Körper Zeugnis von vielen Bisswunden des ersten angreifenden Wolfes gewesen.

Er hatte es geschafft, sie so lebensbedrohlich zu beißen, dass sie jetzt drohte zu verbluten. Ein ungewöhnliches Schicksal für jemanden, der viel Macht besaß. Für jemanden, der nichts fürchten musste, da ihr Vater der mächtigste Mann der drei Königreiche war. Kein sterblicher der Menschenwelt, kein Schatten oder Lichtkrieger war stärker als er gewesen. Sie als seine Tochter war mindestens genauso gefürchtet gewesen.

Andererseits war der Schatten so mächtig geworden, dass selbst ihr Vater inzwischen Angst vor ihm hatte. Die Wölfe waren das beste Beispiel für sein Einfluss auf die Welt. Genauso, dass ihr Vater verschwunden blieb.

❇ ❇ ❇

Immer noch lief das Rudel hinter Adan her. Es war ein ungewöhnlich großes Rudel gewesen. Normalerweise bestand es von fünf bis fünfzehn Tieren, aber dieses aus mindestens dreißig.

Adan schlitterte auf einen Abgrund zu und konnte nicht stoppen. Vielleicht würde es ihm gelingen abzuspringen, aber dann wäre er garantiert Tod. Wenn er beim Sturz auf den harten Steinboden nicht starb, dann würde er das spätesten sein, wenn sich die Wölfe auf ihn stürzten.

»Sesam«, schrie Adan plötzlich, als er sein Pferd über sich erspähte.

Auf sein fliegendes Pferd war immer verlass. Meistens folgte er Adan oder hielt sich zumindest in seine Nähe auf. Und wie immer rettete ihn sein Sesam im letzten Moment das Leben.

Adan schlitterte über den Abgrund und fiel auf den Rücken des weißen Rosses, während fast das ganze Rudel mit dem Baumstamm hinunterfiel, da sie zu schnell waren, um abzubremsen.

Nur die letzten fünf Tiere überlebten diese halsbrecherische Jagt und Adan war sich sicher, dass sie erst einmal Ruhe vor diesen Tieren haben werden.

Er flog anschließend zu Amalia zurück.

Adan fand ihren geschwächten Körper, der bereits zu sterben drohte. Er wollte ihre bleichen Lippen küssen und ihr damit Trost spenden. Überall rann Blut aus ihren Wunden heraus und färbte erst ihre blaue Jeans und das gelbe Shirt und danach den Boden unter ihr rot. Adan drückte sie fest an sich und aktivierte seine Heilerkräfte, die er als Kind bereits hatte. Seine Großmutter und jetzt

Mirella besaßen die gleichen Kräfte, er hatte dieses Zauber - Gen von seiner Omama geerbt. Heute war er froh darüber gewesen, obwohl er als Kind auf Dien eifersüchtig gewesen war, da dieser Tote für kurze Zeit erwecken konnte, auch wenn es ihm verboten wurde. Diese Gabe hatte er von ihrer Mutter geerbt, die Adan damals nicht retten konnte.

Amalias Wunden heilten und sie wurde immer stärker, während Adan schwächer wurde, da er viel Kraft dafür aufwenden musste. Endlich öffnete sie ihre wunderschönen Augen und ihr Gesicht bekam langsam seine Röte wieder.

Adan drückte sein Gesicht in ihre Schulter, um seine Tränen zu verstecken, während er sie noch fester an sich drückte. Er war froh, dass er sie heilen konnte. Was wäre, wenn er sie verloren hätte. Darüber wollte er nicht nachdenken. Wut, Fürsorge und Erleichterung überkamen ihn gleichzeitig. Woher kamen diese ganzen Gefühlsregungen, die er noch nie bei einer anderen Frau empfunden hatte.

Es gab Liebe auf den ersten Blick und das Gefühl der Verbundenheit, wenn einem die Richtige über den Weg lief, dachte er.

❋ ❋ ❋

Amalia durchströmte ein warmes Gefühl. Noch nie in ihrem Leben hatte sie sich so gut, frei und geliebt gefühlt. Niemals hatte ein Mann wegen ihr geweint, geschweige den sein Leben für ihres riskiert. Sie wusste, dass sie ihm wichtig war, so wie es ein vom Schicksal bestimmter Lebenspartner nur sein konnte. Auch wenn sie sich gegen ihn wehrte, wusste sie ganz genau, dass sie am Ende verlieren würde. Er machte sie jetzt schon wahnsinnig mit seinem Lächeln, insbesondere wenn seine grünen Augen dabei aufleuchteten und die Grübchen seinem Gesicht eine charmante Note gaben.

»Danke du Wahnsinniger. Du hättest Tod sein können. Ich weiß, dass du mindestens so viel Angst hattest wie ich und dadurch nicht Zaubern konntest«, stammelte sie.

Er gab sie aus seiner Umarmung frei.

»Ich würde eine Dame in Not nie im Stich lassen«, scherzte er.

»Du bist mutig. Deine angeborene Kraft ist heilen? Welche verborgenen Kräfte hast du noch?«, frage sie, um sich und Adan von dem schrecklichen Ereignis abzulenken.

Adan lernte jetzt eine sanfte Seite von Amalia kennen. Sie hatte sich bei ihm bedankt und zeigte Interesse an seiner Person.

„Du kannst dich unsichtbar machen und aus der Erde Waffen und Krieger zaubern. Da sind meine Gaben nichts dagegen", umschmeichelte er Amalia.

»Du bist zu bescheiden. Verrate mir, was du noch für eine Gabe hast?«, fragte Amalia erneut.

»Vielleicht wirst du enttäuscht sein? Ich kann nichts, was einem Mädchen imponieren könnte.«

»Verrate es mir und lass mich entscheiden, ob es mir gefällt oder nicht!«

»Ich kann Gedanken lesen.«

»Was?«, schrie Amalia, da sie ihre Gedanken ungern teilte.

»Ich weiß das du mich toll findest!«

Amalia lief rot an und merkte wie ihr schwindelig wurde.

»Du lügst.«

»Findest du mich etwa nicht toll?«

»Ja. Nein. Vielleicht.«

»Ich finde dich reizend. Anbetungswürdig. Glaubst du an die Liebe auf den ersten Blick?«, fragte Adan.

Amalia war es nicht gewohnt, offen über ihre Gefühle zu reden. Es konnte sie schwach und verletzlich darstellen. Schließlich entschied sie nicht darauf zu antworten und einfach aufzustehen, um vor ihm die Flucht zu ergreifen.

Adan war nicht dumm. Er wusste, dass sie das Gleiche fühlen musste als angeborenen Lebenspartnerin, auch wenn sie sich dagegen sträubte, es zuzugeben.

Adan dachte an die Geschichten seiner Großmutter. Sie verwebte Tatsachen mit märchenhaften Geschichten. Sie erzählte seinen Geschwistern und ihm, dass wir einmal aus einen männlichen und einem weiblichen Teil bestanden. Eines Tages wurde ein Schatten ohne seinen weiblichen Gegenstück geboren. Seine Eifersucht trieb ihn an. Er suchte nach einer Möglichkeit alle zu trennen. Eines Tages fand er einen Verbündeten, es war der Rest des Bösens auf dieser Welt. Es hatte sich in einem Rattenkörper zurückgezogen, um dort überleben zu können. Er versprach ihn, dass er alle Wesen zweiteilen würde, wenn der Schattenmann ihm erlauben würde in ihm zu leben. Der Schatten freute sich darüber, nicht mehr allein zu sein und trotzdem alle anderen zu trennen. Er willigte ein. Das Böse wuchs in ihm heran, bekam an Macht und ernährte sich von der Eifersucht des Schattens. Als er mächtig genug war, hielt er sein Versprechen und trennte alle in einen männlichen und einen weiblichen Teil. Das Böse gab jeden Schatten ein Stück von sich selbst als Ersatz, da sie die richtigen Eigenschaften in sich trugen, um seine Macht zu vergrößern und das Böse wieder zurück in diese Welt zu bringen. Seit diesem Tag, werden wir getrennt voneinander geboren und wenn wir unseren fehlenden Teil finden, dann spüren wir es sofort. Es ist unser Lebenspartner. Der Teil der uns fehlt und denn wir brauchen, um glücklich zu sein.

❄ ❄ ❄

Gerade als sich Amalia unsichtbar machen wollte, trennte er sich von seinen Gedanken und legte seine zweite Gabe offen.

»Bevor meine Liebste vor mir verreist,
verwandelt sie sich in Eis.
Nur ihr Kopf soll verschont,
damit sich ein Kuss von mir lohnt.«

Sofort bildete sich Eis um ihren Körper und sie konnte keinen weiteren Schritt nach vorne gehen.

»Denkst du, ich lasse dich einfach so weglaufen. Ich habe dir versprochen, dass ich heute meine Beute fangen werde, die ich bereits die ganze Zeit vor mir hertreibe. Das mit dem Gedankenlesen war ein Scherz. Meine Gabe ist, dass ich jedes Lebewesen oder jeden Gegenstand einfrieren kann. Jetzt bist du mir hoffnungslos ausgeliefert.«

Amalia fluchte. Da war wieder dieser freche, unausstehliche Mann. Sie konnte es nicht begreifen, dass sie sich zu ihm hingezogen gefühlt hatte.

»Lass mich frei, du Schuft«, schrie sie.

»Das geht nicht. In meinem Zauber war von einem Kuss die Rede und du weißt, wie Zaubersprüche funktionieren. Ich kann ihn nicht mehr ändern.«

Amalia schrie vor Wut. Sie wusste ganz genau, dass er recht hatte. War ein Zauber erst einmal mit einer Bedingung ausgesprochen, musste diese erfüllt werden, um ihn wieder lösen zu können. Also konnte Adan nichts tun, bevor sie ihm keinen Kuss gab.

»Das hast du mit Absicht gemacht«, schrie sie.

»Mir fiel auf die Schnelle, kein anderer Reim ein« , verteidigte sich Adan.

Amalia wusste zu genau, dass er log. Auch wenn ihr der Gedanke gefiel, dass er sie küssen wollte. Gleichzeitig wehrte sie sich gegen seine Dominanz. Sie war diejenige gewesen, die immer bestimmt hatte, was sie tat oder nicht, aber jetzt hatte er ihr keine Wahl mehr gelassen.

Ein schelmisches Lächeln zierte sein Gesicht. Adan vergrub seine Hände in ihr Haar und drückte sie sanft gegen seine Lippen. Sie fühlte sich warm, so richtig für ihn an.

»Nur einen kleinen Kuss«, flüsterte er noch, bevor sich ihre Lippen vereinigten. Er küsste sie leidenschaftlich und Amalia beantwortete seinen Kuss mit der gleichen Heftigkeit, obwohl sie sich weigern wollte. Er roch so betörend, dass ihre Sinne verrückt spielten. Adan schmeckte für sie wie Ambrosia und sie konnte nicht widerstehen. Ihm schien es nicht anders zu gehen, da er nicht einmal daran dachte, denn Kuss zu unterbrechen. Ihre Lippen pressten sich fest aufeinander, während ihre Zungen miteinander tanzten, manchmal zärtlich, ein andermal stürmisch.

Irgendwann besann sie sich und beschloss Adan für seine Frechheit zu bestrafen, indem sie ihn sanft auf die Unterlippe biss.

»Meine Wildkatze«, knurrte er und setzte an, sie erneut zu küssen, bis er das Heulen eines Wolfes in der Nähe vernahm. Anscheinend bildeten sie ein neues Rudel und es war zu gefährlich gewesen, weiter dortzubleiben.

»Du hattest deinen Spaß«, zischte Amalia, »jetzt löse deinen Zauber.«

»Niemals«, raunte er, » wenn ich den Zauber löse, dann läufst du mir weg.«

Amalia fluchte und schrie, aber Adan beeindruckte es sehr wenig. Er legte sie auf den Sattel seines Pferdes und setzt sich hinter ihr, um ins Lager zu den anderen zurückzufliegen. Er wusste zu genau, dass sie dort niemanden erzählen würde, was passiert war zwischen ihnen.

»Du gehörst jetzt zu mir«, erhob er Anspruch auf sie, bevor er losflog.

Amalia sollte wissen, dass sie jetzt ihm gehörte.

»Ich gehöre niemanden«, schrie sie wütend, als das Pferd in die Luft stieg.

❅ ❅ ❅

Als sie über dem Lager waren, bemerkten sie schnell das Lagerfeuer.

Adan hoffte, dass der Hase alle satt machen konnte.

Kurz bevor das Pferd zur Landung ansetzte, zauberte er Amalia zurück.

»Eiskalt dein Körper unter mir,
ich verwandel dich zurück jetzt und hier.
Du sollst gleich vor mir sitzen,
damit du nicht kannst flitzen.«

Amalias Körper drehte sich aufwärts, zuerst schmolzen ihre Beine, damit sie auf dem Pferd sitzen konnte und danach der Rest ihres Körpers. Adan hatte seine Arme fest um sie geschwungen und wunderte sich, dass ihr Körper trotz der Kälte immer noch heiß unter seinen Händen war. Gerade als er sie losgelassen hatte und sie komplett abgetaut war, stand das Pferd vor den anderen. Amalia ließ sich nichts anmerken, als ihr Dien von Sesam runter half. Adan grinste.

Die Feen

»Hattet ihr Glück«, fragte Dien.

»Ich habe einen Hasen erlegt«, scherzte Adan, was Amalia gar nicht lustig fand. Aber sie stand über den Dingen, um wie ein kleines Kind darauf zu reagieren.

»Prima, unsere Mägen knurren schon. Aber ihr wart so lange weg, ist irgendetwas passiert?«

»Ich habe nur Spaß gemacht. Amalia ist die bessere Schützin von uns. Ihr alleine haben wir es zu verdanken, dass wir heute etwas zu essen haben. Gerade als wir weiter jagen wollten, wurden wir von einem Rudel von mindestens dreißig Wölfen angegriffen. Ich hatte das Gefühl, dass sie nicht hungrig waren, sondern nur töten wollten«, sagte Adan.

»Ja, davon hat mir der Scharphönix erzählt. Das Böse nimmt überhand in der Welt. Er hat sich uns angeschlossen, weil er für das Gleichgewicht der Welt verantwortlich ist, dafür wurde er geschaffen. Es ist gut, dass ihr unbeschadet davon gekommen seid. Amalia ist alles in Ordnung? Du schaust so verärgert. Haben dir die Wölfe zu schaffen gemacht?«, fragte Dien.

Amalia lächelte.

»Nein, es ist alles in Ordnung«, beschwichtigte sie Dien, »die Wölfe haben mich nicht geärgert«, dabei schaute sie zu Adan rüber.

»Ach, ich verstehe. Adan hat dich vor ihnen beschützt«, kommentierte Dien.

Ja, dachte sie, aber niemand hat mich vor diesen unverschämten Kerl beschützt.

Adan schien ihre Gedanken zu lesen und bevor Amalia irgendetwas sagen konnte, mischte er sich ins Gespräch ein.

»Ich bin ihr Held. Ich würde immer mein Leben für ihres riskieren und ihre Wunden heilen. Schließlich bin ich für sie verantwortlich, jetzt und in alle Ewigkeit.«

»Bestimmt nicht in alle Ewigkeit«, protestierte Amalia.

Dien merkte schnell, dass irgendetwas im Wald vorgefallen sein musste. Natürlich wusste er, dass sein Bruder gefallen an Amalia gefunden hatte, aber genauso war ihm klar, dass Amalia ihre eigenen Entscheidungen traf und sich sehr gut gegen Adans Unverschämtheiten zur wehr setzen konnte.

Wenn sie, nein - wenn beide nur wüssten, dass sie füreinander bestimmt waren. Aber Dien schwieg und ließ das Schicksal seine Arbeit machen. Nur wie würde Adan reagieren, wenn er Amalias Vater zu Gesicht bekam.

Würde er ihn wieder erkennen? Wenn ja, dann wäre spätestens die Zeit dafür gekommen, um ihn von Daralius, ihren gemeinsamen Bruder und über das Schicksal ihrer Mutter zu erzählen.

»Kommt, lasst uns zu den anderen gehen. Die werden sich heute Abend bestimmt über den leckeren Hasen freuen. Morgen brechen wir zu der Eiswüste auf, dort sind die nächsten Teile von der mächtigsten Waffen der Welt.«

Am nächsten Morgen wachte Mirella als erste auf, um erneut die Wasserkugel zu befragen, so lange die anderen schliefen.

Stolz betrachtete sie die schlafende Truppe. Dien lag die ganze Nacht neben ihr und hielt sie warm. Adan kuschelte sich an Amalia, während diese nichts davon mitbekam. Daralius, der Schattenkrieger, schien seinen Wolf sehr zu mögen und umgekehrt war es genauso. Er lag neben Cesar wie ein Jungtier bei seiner Mutter.

Nur der Scharphönix und Sesam schienen als Einzige alleine geschlafen zu haben. Wie schade, dachte sich Mirella. Vielleicht hätte ihnen Gesellschaft in der kalten Nacht gutgetan, obwohl sie nicht wirklich allein waren.

Beide lagen im Zentrum des Lagers und waren von Freunden umgeben gewesen.

Seufzend erinnerte sich Mirella selbst an ihre Pflicht, sonst wird es auch diese geliebten Freunde bald nicht mehr geben, wenn der Schatten die Weltmacht endgültig an sich reist.

»Wasserkugel in meiner Hand,
ich bin auf die Zukunft gespannt.
Zeige mir die Wüste und ihre Gefahren,
damit ich dadurch mehr erfahre.«

Es war zwecklos, die Wasserkugel zeigte erneut nur die Wüste. Ständig wiederholten sich die gleichen Bilder. Als Mirella schon aufgeben wollte, fiel ihr etwas auf.

In der endlos wirkenden Eiswüste ragte eine riesige Pyramide im Zentrum des Landes heraus. Sie passte sich so gut ihrer Umgebung an, dass sie Mirella fast wieder übersehen hätte. Im Inneren der Eispyramide schien etwas zu leuchten. Es zog Mirellas Aufmerksamkeit auf sich, wie ein Licht die Motte. Befand sich dort im Inneren die nächsten Teile der Waffen? War der pyramidenartige Berg riesig? Warteten dort Fallen? War diese Eispyramide aus Blöcken erbaut worden? Wenn ja, von wem? Wie viele hatten daran gebaut? Oder war diese Pyramide ein Werk von Licht oder Schatten gewesen, so wie der Scharphönix auch? Welche Gefahren würden dort auf sie lauern, fragte sie sich.

»Wasserkugel in meiner Hand,
durch dich die Eispyramide fand.
Welche Gefahren warten dort auf mich,
ich brauche deine Hilfe, verweigere sie nicht.«

Die Wasserkugel zeigte den Eingang der Pyramide, vor der ein riesiges Eismonster hockte, bereit, jeden Eindringling zu töten, der es wagte, sich der Pyramide zu nähern.

»Na toll. Was wartet noch auf mich?«, fluchte sie leise.

Aber die Wasserkugel konnte in die Pyramide nicht eindringen. Sie konnte sie nicht einmal direkt zeigen. Wahrscheinlich lag ein starker Zauber auf sie und nur die Eiswüste hütete ihr Mysterium für die, die es verdient haben, nach ihr zu suchen. Gerade als Mirella weiter versuchen wollte, mit einen anderen Zauberspruch an das Geheimnis der Eispyramide zu kommen, unterbrach sie Daralius.

»Du hast genug gezaubert. Bestimmt haben die Schatten jetzt unsere Fährte aufgenommen und sind bereits auf den Weg hier hin. Wir müssen sofort aufbrechen.«

Mirella nickte schuldbewusst.

»Es tut mir leid. Ich musste mehr erfahren. Ich weiß, dass sich alle daran halten, außer mir. Selbst Adan und Amalia waren gestern jagen, statt essen zu zaubern.«

Langsam wachte der Rest auf, dass Gespräch der beiden hatte sie geweckt.

Der Scharphönix streckte seine Nase in die Luft und schnupperte.

»Daralius hat recht, wir sollten aufbrechen. Ich kann sie bereits wittern.«

Adans Jammerlaut zog plötzlich die Aufmerksamkeit der anderen auf sich. Mirella konnte sich gut denken, was passiert war. Bestimmt hatte ihn Amalia seine Grenzen aufgezeigt. Er konnte sich nicht ohne Erlaubnis an sie kuscheln. Selbst wenn sein Körper gedroht hätte zu erfrieren, was heute Nacht bestimmt nicht der Fall war.

✹ ✹ ✹

Als Adan merkte, dass ihn alle anstarrten und Amalia längst aufgestanden war, wusste er nicht, wie er aus der Situation raus kommen sollte, ohne zugeben zu müssen, dass ihn Amalia ganz heimlich unter der Decke so fest gekniffen hatte, dass er nicht anders konnte, als wie ein kleines Mädchen zu schreien. Fieberhaft suchte er nach einer Ausrede, als Amalia das Wort ergriff.

»Ich glaube, er hat schlecht geträumt«, dabei grinste sie siegessicher.

Sie wusste, dass er als großer Krieger nie den wahren Grund zugeben würde.

Adan bestätigte ihre Aussage mit einer zustimmenden Kopfbewegung und erhob sich ebenfalls. Als sie sich aufteilen wollten, um ihre Reise fortzuführen, griff Adan nach Amalias Arm.

»Ich bin für deine Sicherheit zuständig und werde es bestimmt nicht zulassen, dass du mit Daralius fliegst. Seine Nähe würde dir sowieso nicht zusagen, da er ein Schattenkrieger ist.«

»Du hast doch nur Angst, dass er mir gefallen könnte«, erwiderte sie.

»Mit mir kann kein anderer Mann mithalten«, hielt er dagegen.

»Bist du dir da sicher?«, provozierte sie ihn.

»Ganz sicher. Du bleibst bei mir, selbst wenn ich dich an mich festbinden muss!«

Er zog Amalia sanft mit sich, da sie ihn freiwillig folgte. Sie wusste, wenn sie es nicht getan hätte, dann würde er sie entweder wieder vereisen oder über seine Schulter heben und sie einfach mitnehmen. Sie wollte beides nicht vor den anderen riskieren.

Bei Sesam angekommen merkte Adan, dass sein Pferd schweißgebadet war. Seine Mähne war mittig geflochten gewesen. Gerade als Adan den Zopf lösen wollte, hörte er die mahnenden Worte von Dien.

»Das würde ich an deiner Stelle nicht tun!«

»Wer hat Sesam die ganze Nacht geritten? Er ist schweißgebadet. Und was soll dieser Zopf. Ich reite das Pferd und kein Mädchen. Warst du das Amalia?«, fragte Adan etwas außer sich, da ihm Sesam leidtat.

»Sie war es nicht«, mischte sich der Scharphönix ein, »ich sage dir, lass den Zopf so, sonst gibt es ein großes Unglück!«

»Ich glaube du solltest auf den Scharphönix hören. Er weiß, wo von er spricht. Schließlich lebt er in diesem Wald«, mischt sich Mirella ein.

»Also gut. Ich lasse den Zopf stehen, aber ich erwarte eine Erklärung?«, sagte Adan.

»Die Feen tun so etwas«, erklärte Daralius,» meine Mutter hat mir von ihnen erzählt.

»Feen? Das glaubst du selber nicht. Warum sollte eine Schattenmutter ihrem Kind davon erzählen«, spottete Adan.

»Aus Angst«, erwiderte der Scharphönix, »es ist gefährlich die Feen zu verärgern.«

Hast du vergessen, was dir deine Eltern beigebracht haben?«, fragte Dien.

Adan dachte darüber nach. Ganz dunkel erinnerte er sich an seine wunderschöne Mutter, die ihn genommen wurde, als er noch ein kleiner Junge war. Sie hatte ihm versucht, so viel beizubringen, und er hatte fast alles wieder vergessen, genauso wie sie. In seinem Leben war kein Platz mehr gewesen für die Vergangenheit und die Trauer, die er weit weggesperrt hatte. Wahrscheinlich war er deshalb anders als Dien gewesen. Er sah das Leben mit anderen Augen. Oft hatte er das Gefühl gehabt, morgen vielleicht nicht mehr am Leben und auf dieser Welt zu sein. Und das nicht nur, wenn er in die Schlacht gegen den Feind zog. Andererseits waren seine Schuldgefühle und sein Instinkt, die Seinigen zu beschützen größer als die Angst zu sterben. Er hatte bei seiner Mutter kläglich versagt. Das würde er bei seinen Geschwistern nicht tun.

Also blieb ihn nicht anderes übrig, als sein Leben zu genießen und alle Trauer und Ängste von sich wegzuschieben. Was blieb, war Adan. Ein junger Mann, der den Eindruck erweckte, dass Leben in einer Leichtigkeit zu nehmen, um die ihn alle anderen beneideten, auch wenn die Wahrheit eine ganz andere war. Schuldgefühle quälten ihn oft, auch wenn er wusste, dass er ein Kind war und nichts gegen so einen mächtigen Gegner tun konnte. Selbst sein Vater war zum Tode verurteilt gewesen.

Und da hallten die Worte seiner Großmutter erneut in seinen Ohren. Eine Mutter sollte ihr Kind nicht begraben müssen. Adan hatte sich geschworen, dass er in seinem Leben nie wieder jemanden sterben lassen würde.

Er riss sich aus diesen Gedanken raus, zwang sich wieder zu seinem ursprünglichen Gedankengang zurück.

Ja, dachte er weiter, seine geliebte Mutter hatte ihn auch einmal von den Feen erzählt. Sie waren sanfte Wesen gewesen, außer man verärgerte sie. Es gefiel ihnen, nachts auf den Rücken der Pferde zu reiten, bis sie schweißgebadet waren. Vorher mussten sie die Tiere ihren Wünschen entsprechend verzaubern. Sie flochten ihnen ihre Mähne, damit sie schön aussahen, aber auch um in dem geflochtenen Zopf, der immer einer großen Acht ähnelten, halt zu finden. Wenn man es wagte, ihr Geschenk zu verschmähen, in dem man dem Pferd diesen Zopf aufknotete, so starb das Pferd. Der Besitzer, der sein Tier liebte, war am Ende schuld daran. Ja, so war die Geschichte gewesen. Wie grausam sie doch waren, dachte Adan. Oder war die Fee durch diesen Zopf mit dem Pferd direkt verbunden gewesen und die Unterbrechung tötete das Tier. Vielleicht sogar die Fee?

Er konnte sich nicht mehr an alle Details der Erzählung erinnern.

Adan streichelte Sesam über die Mähne und betrachtete den geflochtenen Zopf noch einmal ganz genau. Er war so fein gesponnen, dass es nur winzige Hände vermocht haben konnten. Schließlich seufzte er.

»Liebe Feen, ich danke euch«, schrie er in den Wald hinein, nicht sicher, warum er es tat. Vielleicht aus Furcht um Sesam, den er über alles liebte.

»Das wird die Feen freuen und dich mit Glück segnen«, sagte der Scharphönix.

Adan reichte daraufhin seine Hand Amalia.

»Es tut mir leid, dass ich dich verdächtigt habe. Kannst du mir verzeihen? Komm steig auf das Pferd mit mir, die anderen sind schon abflugbereit«, ein entschuldigender Ton lag in seiner Stimme.

Amalia wollte ihn nicht so schnell von seinen Schuldgefühlen befreien, schon gar nicht wegen gestern. Ohne ein Wort zu sagen, stieg sie auf das Pferd und Adan setzte sich hinter sie.

Leise flüsterte er ihr ins Ohr:

»Du verzeihst mir?«,dabei kitzelten seine Lippen Amalias Hals, dem er sehr nahegekommen war.

Sein Atem war heiß und verlockend gewesen. Sie musste sich zusammenreißen, um sich nicht umzudrehen und ihm einen Kuss zu geben.

Amalia biss sich fest auf die Lippen und hoffte dabei, dass er ihre Gänsehaut nicht bemerkte, die er bei ihr ausgelöst hatte. Ohne auf eine Antwort zu warten, trieb Adan sein Pferd Sesam an, einen stürmischen Aufstieg hinzulegen, um die anderen einzuholen, die bereits losgeflogen waren. Amalia rutschte dabei nach hinten und sie konnte nichts dagegen tun. Ihr Körper drückte sich an seinen. Er hatte seine Arme fest um sie geschlungen, nicht nur um sich an Sesams Zügel festzuhalten, sondern auch, um sie dabei unauffällig noch dichter an sich zu pressen. Es gefiel ihm, sie so dicht an sich zu haben, selbst als das Pferd wieder normal durch die Lüfte schwebte.

»Ich bin dir nicht böse«, sagte Amalia schließlich. »Wenn Sesam mein Pferd gewesen wäre, hätte ich mich auch so verhalten. Du beschützt, was du liebst. Das gefällt mir.«

Sie spürte wie Adan zärtlich ihren Hinterkopf küsste.

»Du bist mir wichtig. Nichts entschuldigt mein Verhalten.«

»Jetzt bist du zu streng mit dir selbst. Mich in eine Eisfigur zu verwandeln war unverschämt.«

»Am Ende hat es sich gelohnt.«

»Eingebildeter Kerl.«

❄ ❄ ❄

Mirella beugte sich zum Scharphönix runter, um dicht an seinem Ohr zu sein.

»Wir fliegen zum Zentrum der Wüste. Dort befindet sich eine Eispyramide, die mit ihrer Umgebung verschmilzt und dadurch fast unsichtbar wirkt. In ihrem Inneren ist das nächste Stück der Waffen versteckt. Der Eingang wird von einem riesigen Monster bewacht«, schrie sie, da sie nicht wusste, ob sie der Scharphönix sonst gehören hätte.

»Ich habe verstanden. In fünf oder sechs Stunden müssten wir bei der Pyramide ankommen«, bestätigte der Scharphönix.

»Du hast wieder gezaubert?«, fragte Dien etwas aufgebracht.

»Ich hatte keine Wahl. Wir hatten keinen Anhaltspunkt, wo sich die nächsten Teile versteckt hielten. Weißt du eigentlich, wie groß die Eiswüste ist. Wolltest du jedes Korn umdrehen und doch nichts finden?«

»Wenn du so weiter machst, dann werden wir von den Schatten getötet werden, bevor wir alle Teile zusammen haben.«

Dien überkamen Sorgen. Auch wenn Mirella es nicht wusste, fürchtete er sich, sie nicht beschützen zu können.

Mirella schwieg als Antwort. Sie wusste, es hatte keinen Zweck, mit ihm darüber zu diskutieren. Sie hatte schon mehrmals zuvor versucht der magischen Kugel eine einfache Frage zu stellen, wie es ihr gesagt wurde, aber irgendwie reagierte sie nicht darauf. Wahrscheinlich brauchte sie eine magische Verbindung mit Mirella, um ihr zu zeigen, was sie wirklich sehen wollte.

Beschwichtigend küsste Dien seiner Mirella den Nacken. Er wusste, dass sie niemanden in Gefahr bringen wollte und am wenigsten sich selbst.

Mirellas betörender Duft stieg Dien in die Nase und sein Körper kribbelte vor Verlangen. Aber es war zu gefährlich gewesen, unaufmerksam zu sein, darum versuchte er ihren Duft und seine Gedanken abzuschütteln. Trotzdem bedauerte er es an jeden Tag, die gemeinsame Zeit zu zweit nicht intensiver genutzt zu haben. Vielleicht würde er diesen Krieg nicht überleben und mit seiner Sehnsucht nach Mirella sterben. Jetzt, wo er dies wusste, konnte er es nicht mehr ändern. Insbesondere weil sie umzingelt waren von Augen, die sie beobachteten und von der Gefahr, die jederzeit zuschlagen konnte.

Dien beneidete Adan heimlich für seine unverschämte Art. Er näherte sich Amalia, so wie er es für vertretbar hielt, ohne dabei an die anderen, um sie herum zu denken. Das konnte er auch, da er nicht der König und Amalia nicht die Auserwählte war, auf dessen Schultern das Schicksal der Welt lag.

Eiswüste

Als sich der Scharphönix zur Landung bereit machte, konnte Mirella die riesige Eispyramide von oben bereits erkennen, die für die anderen im Team verborgen blieb. Anscheinend sollte nicht jeder von ihr wissen.

Der Scharphönix landete mit Mirellas Hilfe ganz in der Nähe und selbst auf dem Boden blieb sie für den Rest der Gruppe unsichtbar, obwohl sie direkt vor ihr standen.

Mirella wusste von diesem Augenblick an, dass sie alleine, ohne jegliche Hilfe eintreten musste.

Die Pyramide wirkte majestätisch. Perlmuttwolken bildeten sich direkt über ihr und wirkten fehl am Platz mit ihrem Farbenspiel von blau, gelb, grün und rot.

Das riesige Monster beäugte sie mit seinen weißen Pupillen, blieb aber ruhig auf seinen Platz stehen. Die Gruppe stand immer noch weit genug weg.

»Was sollen wir hier?«, fragte Daralius.

»Hier sind wir richtig. Auch wenn du nicht das siehst, was ich sehe. Ihr wartet hier alle auf mich und tut nichts, bevor ich es euch nicht sage«, erklärte Mirella, ohne ins Detail zu gehen, da sie sich auf das riesige Wesen konzentrierte.

Mit langsamen Schritten näherte sie sich der Eispyramide. Hinter sich hörte sie noch den verzweifelten Ruf von Dien.

»Mirella!«

Sie gab ihn mit einer Handbewegung das Zeichen stehen zu bleiben und ihr nicht zu folgen.

Mirella betrachtete das Eismonster aus der Nähe. Es war gigantisch, viel größer als der Eingang. Sein Körper bestand, genauso wie die Pyramide aus dutzenden von Eisblöcken in den verschiedensten Größen.

Nur sein Kopf wirkte fast rund, als ob jemand diesen in Form gebracht hatte, um menschlicher zu wirken.

Als Mirella direkt vor ihm stand, holte das Monster aus, um ihr einen Schlag zu versetzten. In diesem Augenblick, der nicht länger als ein Wimpernschlag zu sein schien, hob sie im Reflex die ersten Teile der Waffen in die Luft und das Eismonster fiel auf die Knie. Die Griffe erglühten in einem sonnenartigen Licht und breitete sich als Lichtbilder zur vollständigen Waffen aus. Auch wenn es nur eine Bildtäuschung war, hatte das riesige Monster Angst vor den unvollständigen Waffen. Wahrscheinlich lag schon jetzt viel Magie in diesen Teilen, wie stark würde dann erst die vollständige Waffe sein. Nicht umsonst konnten sie die Mächtigsten dieser Welt töten und wurde in mehrere Einzelstücke gut versteckt. Niemand sollte so viel Macht in seinen Händen halten, nicht einmal Mirella.

Das riesige, mit Hieroglyphen verzierte Tor, was von der Schöpfung dieses Ortes erzählen musste, öffnete sich hinter dem Riesen, der sich im gleichen Augenblick auflöste. Mirella trat ein und fand nicht das, was sie erwartet hatte. Erneut hörte sie Diens verzweifeltes rufen, doch sie drehte sich nicht um. Mit nur einem zusätzlichen Schritt war sie bereits tiefer in der Eispyramide eingedrungen mit dem Wissen, dass ihr niemand folgen konnte. Beim weiteren Eintreten stellte sie fest, dass es keine verschlungenen Tunnelwege oder Fallen gab. Sie stand vor einem majestätischen Raum, dessen Decken endlos in die Höhe wuchsen, bis sie in einer Spitze endete. In der Mitte des Saales befand sich ein Grab. Neben jeder Seite des Grabes stand eine Kiste. Mirella schluckte. Wer mag dort liegen? Ein Untoter? Was erwartete sie in den Kisten?

Als sie vor dem durchsichtigen Sarg stand, sah sie auf einen alten Mann herab. Sein weißer Bart, der von einem hohen Alter zeugte, reichte ihm über die Knie. Eine Aufschrift verriet nicht, wer er war. Aber seine Kleidung enthüllte ihn als Lichtwächter. Wahrscheinlich war er auserwählt gewesen, diese wertvollen Waffenstücke zu hüten. Und als sein Tod nahte, hatte er Vorkehrungen getroffen. Jeder, der sich die Mühe machte, sein Gesicht zu betrachten, stieß automatisch auf einen aufgekratzten Text, der den oberen Teil des Sarges kunstvoll schmückte. Die Schrift veränderte sich dem Leser entsprechend. Aus den Hieroglyphen wurden Buchstaben, die Mirella mühelos lesen konnte:

NEBEN MIR STEHEN ZWEI KISTEN. JEDE VON IHNEN BIRGT EINEN WERTVOLLEN SCHATZ IN SICH.

IN DER RECHTEN KISTE BEFINDEN SICH TEILSTÜCKE EINER MÄCHTIGEN WAFFE, DIE FÄHIG IST JEDEN FEIND ZU TÖTEN UND SEINE MACHT AN SICH ZU REIßEN.

IN DER ZWEITEN KISTE LIEGT DAS BUCH DES SCHICKSALS. WENN DU DAS BUCH LIEST FINDEST DU DEINE ZUKUNFT HERAUS.

JEDES EREIGNIS DEINES LEBENS IST MIT JAHR - MONAT - TAG - STUNDE UND SEKUNDE VERMERKT. WENN DU DICH FÜR DAS BUCH ENTSCHEIDEST - KANNST DU DEINE ZUKUNFT VERÄNDERN.

Mirella erstarrte. Wie verlockend es war, sein Schicksal zu kennen und es umzuändern. Aber sie war nicht hier gewesen, um an sich zu denken, sondern an alle Lebewesen dieser Welt. Was würde es ihr nutzen, zu wissen, wie sie selbst überlebt, wenn alle anderen um sie herum starben. Nein, das war keine gute Idee gewesen. Niemand sollte die Macht haben, sein Leben vor dem der anderen zu stellen. Selbstsicher platzierte sie sich vor der rechten Kiste, um von dort den zweiten Teil der wertvollen Waffen zu entnehmen.

In diesem Augenblick tauchte der Geist des Verstorbenen auf und versuchte Mirella zu überreden, dass Buch zu nehmen.

»An deiner Stelle würde ich das Buch nehmen. Es birgt so viele Geheimnisse in sich.«

Mirella stand auf, ohne ein Körnchen Angst in ihren Gliedern.

»Ich bevorzuge es nicht zu wissen, was mich in der Zukunft erwartet. Schließlich soll das Leben nicht langweilig werden«, argumentierte sie.

»Du könntest dir dadurch ein bequemes Leben machen. Stell dir vor, du hättest nicht nur eine Wahl oder nur eine Chance im Leben, sondern könntest alle durchgehen und dir die Beste auswählen und falls du doch unzufrieden sein solltest mit deiner Wahl, schreibst du alles wieder um«, sprach der Unbekannte in einem überzeugenden Ton.

»Nein Danke!«, antwortet Mirella unbeeindruckt und klappte im gleichen Moment den Deckel der Kiste hoch.

»Warte. Denk noch einmal darüber nach. Du könntest alles haben, was du dir wünscht.«

»Ich habe mit Dien bereits alles, was ich brauche.«

»Aber was wenn du ihn verlierst?«

Mirella zögerte kurz.

»Wenn ich den Schatten nicht aufhalte, werde ich nicht nur ihn sondern alle anderen, die mir wichtig sind verlieren. Weder Dien noch ich wollen in einer Welt leben, in der der Schatten herrscht und es nur böses gibt.«

Mirella griff in die Kiste hinein.

»Du hast die richtige Wahl getroffen. Hättest du die andere Kiste aufgemacht, wärst du verflucht gewesen mit mir den Platz zu wechseln und ich wäre wieder frei. Ich hätte mich darüber sehr gefreut.

Leider war ich schwach geworden und habe die andere Kiste geöffnet. Dadurch konnte mein Vorgänger in die Freiheit und ich kam ins Exil.«

Sein letzter Satz wurde immer leiser und Mirella stand plötzlich mit einer fast vollständigen Waffe hinter den anderen. Die Pyramide war verschwunden und sie blickte wie die anderen auf eine endlose Eiswüste. Diese erinnerte sie an ihre Vergangenheit und an die Zeit, als ihr Vater versucht hatte, die Welt zu vernichten, indem er alle Lebewesen tötete oder zu seinen seelenlosen Sklaven verwandelte.

❄ ❄ ❄

Dien drehte sich als Erster zu ihr um. Irgendwie hatte er ihre Anwesenheit gespürt. Wahrscheinlich war es ihr süßer Duft, der nach Sommer und Blumen roch, der sie verriet.

Dien war so eng mit Mirella verbunden gewesen, dass er sie sogar auf dem Mond gespürt hätte, daher wusste sie nicht, warum sie sich darüber immer noch wunderte.

Er nahm sie in seine Arme und drückte sie fest an sich, während er ihr gleichzeitig einen zärtlichen Kuss auf die Lippen gab. Immer noch sah er sie verliebt an. Mirellas Herz pochte wie verrückt in seinen Armen.

»Ich bin so froh, dass du wieder da bist. Du bist wirklich schnell durch die Irrgänge der Pyramide gekommen. Ich habe mir Sorgen um dich gemacht, obwohl ich wusste, was für eine tolle Frau ich habe. Was ist passiert? Erzähl mir alles.«

»Eigentlich nichts. Im Inneren war nur ein Sarg mit zwei Kisten. Ich habe mich für die mit den Waffenteilen entschieden und war plötzlich wieder hier bei euch!«

»Keine Fallen? Keine Rätsel? Wer lag im Sarg? Und was war in der anderen Kiste drin?«

Alle drehten sich zu den beiden um und lauschten gespannt auf Mirellas Antwort.

»In der anderen Kiste war ein Buch, welche die Zukunft voraussagen konnte und als ich das Buch nicht wollte, versuchte mich der Geist des Toten dazu zu überreden.«

»Warum hast du dir nicht beides geschnappt und bist raus gerannt!«, fragte Daralius.

»Weil das nicht möglich war und ich nicht so blöd bin«, erwiderte Mirella und ignorierte dabei Daralius blöden Gesichtsausdruck, »Es kam mir schon sehr komisch vor, dass die Pyramide von innen hohl war und nur von einem Toten im Sarg bewacht wurden, bis ich das Angebot von dem Geist abgeschlagen hatte. Er war ein Verfluchter und jeder, der sich aus Eigennutz für das Buch entscheidet, nimmt seinen Platz ein und ist verdammt dazu die Gegenstände zu bewachen. Er war schon sehr alt gewesen, wahrscheinlich wollte er vom Buch wissen, wie er seinem Tod entkommen könnte.«

»Das klingt unwahrscheinlich. Warum sollte jemand in einer Eispyramide gefangen gehalten werden?«, bezweifelte Daralius.

»Als ewiger Wächter der Schwertteile. Nur wer sich als würdig erweist, bekommt sie, ansonsten wird er für seine Selbstsucht bestraft und nimmt den Platz seines Vorgängers ein«, mischt sich Amalia ein.

Adan lächelte Stolz.

»Wenn ich mich auf sein Angebot eingelassen hätte, wäre ich da wahrscheinlich die nächsten tausend Jahre eingesperrt gewesen, bis der nächste Dumme gekommen wäre«, erzählte Mirella etwas verärgert.

»Dann würde ich kommen und deinen Platz einnehmen. Du wärst dort keine fünf Minuten eingesperrt«, sagte Dien und Mirella gab ihn einen hingebungsvollen Kuss.

Adan schaute liebevoll Amalia an.

»Das würde ich auch für dich tun«, seine Augen leuchteten vor lauter Vorfreude. Er erhoffte sich ebenfalls einen Kuss von ihr zu ergattern.

Amalia hob eine Braue.

»Wenn du denkst, dass du mich mit deinem Gefasel beeindrucken kannst, dann täuschst du dich«, wisperte Amalia.

»Schade, dann muss ich mir meinen nächsten Kuss wieder stehlen«, flüsterte er ihr ins Ohr.

»Unterstehe dich!«, warnte ihn Amalia.

Adan hatte dafür nur ein unverschämtes Lächeln übrig.

✸ ✸ ✸

Mirella hatte in der Zwischenzeit die Wasserkugel erneut ausgepackt, um sie nach dem letzten Ort mit dem letzten Waffenteilen zu fragen.

»Zauberkugel in meiner Hand,
zeige mir das nächste Land.
Wo hin muss ich als Nächstes gehen,
lass mich den Ort sehen.«

Dien legte seine Hände liebevoll auf ihre Schulter.

»Was siehst du?«

Mirella runzelte die Stirn, da sie nicht erklären konnte, was ihr die Kugel zeigte.

»Den Himmel, Wolken, sogar die Sonne.«

»Das kann nicht sein. Das ist kein Ort. Du beschreibst den Himmel«, kommentierte Dien.

»Aber das ist alles, was sie mir zeigt. Der Himmel ist sehr wohl ein Ort. Na ja, ein Ort der überall sein könnte auf dieser Welt. «

»Du siehst nicht den Himmel, sondern eine Spiegelung des Himmels«, mischte sich Daralius ein.

»Eine Spiegelung?«

»Ja, eine Spiegelung des Himmels. Die Kugel zeigt dir das Salzwüstenland«, sagte Daralius.

»Woher weißt du das?«, fragte Mirella.

»Weil ich schon einmal dort war, als es geregnet hat. Aber die Salzwüste spiegelt sich nur in der Regenzeit. Wir haben zurzeit keine Regenzeit.«

»Also ist es ein doppelter Hinweis. Wir fliegen zuerst zu der Salzwüstenlandschaft und dann überlegen wir weiter.«

»Ich glaube, du hast recht. Die Spiegelung ist ein Hinweis darauf, wo sich die letzten Waffenteile befinden. Sie müssen irgendwo hier versteckt sein«, sagte Dien.

Das Geheimnis

»Wir fliegen schon seit Stunden über der Salzwüste!«, rief Adan, »Wo sollen wir jetzt landen? Die Wüste ist riesig.«

Mirella blickte hinab und suchte nach dem Ort, den sie in der Kugel gesehen hatte. Nichts. Riesige brocken reihten sich aneinander und zeigten nichts als weiße Giganten. Das Sonnenlicht ließ dieses weiß so grell strahlen, dass ihr die Augen schmerzten.

»Du sagtest in der Regenzeit spiegelt sich der Himmel in der Wüste?«, fragte sie Daralius erneut.

»Ja. Nur in der Regenzeit!«

»Dann lassen wir es hier regnen. Mir schmerzen bereits die Augen und euch bestimmt auch.«

Ohne auf eine Antwort zu warten, richtete sie ihre Hände zum Himmel. Dien umarmte sie fest mit einem Arm und drückte sie an sich, damit sie nicht vom Scharphönix herunterfällt, während er sich selbst mit der anderen Hand festhielt.

»Dunkle Wolken zieht zusammen,
bildet über der Wüste einen Rahmen.
Bedeckt sie mit eurem Regen,
bringt uns den erhofften Segen.«

Sekundenschnell zogen dunkle Wolken über sie und ein Regenschauer bedeckte die Salzwüste. Als die Wolkenarmee vorbeigezogen war, genauso schnell wie sie gekommen war. Spiegelte sich der gesamte Himmel mit den restlichen Wolken und der Sonne vor ihnen, so wie es Mirella in der Kugel gesehen hatte. Aber wo waren die letzten Waffenteile? Plötzlich erblickte sie etwas in der Spiegelung, was sie nicht verstehen konnte. Sie entschied, dass alle landen mussten, um es sich aus der Nähe anzuschauen. Daralius stieß sie zur Seite und landete als erster mit seinen riesigen Wolf Cesar. Der Scharphönix unter ihnen schwankte, setzte aber kurz danach ebenfalls zur Landung an. Fast wären Mirella und Dien heruntergefallen. Adan ließ sich als einziger Zeit. Er genoss die warmen Arme vom Amalia, die sich um seinen Oberkörper geschwungen hatten. Er hatte früh gemerkt, dass sie sich fester an ihn krallte, wenn sein Pferd Sesam etwas höher flog. Aber schließlich musste auch er landen.

»Seht ihr das?«, fragte Mirella angespannt.

»Wenn du unsere Spiegelbilder meinst, dann ja«, antwortete Daralius höhnisch.

»Und was fällt dir dabei auf?«

»Das ich schön bin.«

Daralius grinste.

»Wenn du meinst«, mischte sich Dien ein.

»Jungs!«

Mirella zeigte auf das Spiegelbild des Scharphönix, der etwas abseits stand. Seine Spiegelung wirkte fast silbern und in seinem Inneren leuchteten die Silhouetten der fehlenden Waffenstücke auf.

»Die letzten Waffenteile sind in ihm drin. Er besteht wahrscheinlich aus ihnen.«

»Du musst dich irren«, entgegnete Adan, der den Scharphönix sehr mochte.

»Ich wünschte es wäre so. Ich frage mich nur, warum wir hierhin fliegen mussten, um das zu erkennen.«

»Das Salz deckt jeden Zauber auf«, entgegnete der Scharphönix.

»Was hat es damit zu tun?«

»Nur das Salz kann verzauberte Lebewesen aufdecken. Wenn es nicht durch einen Zauberspruch gelingt, dann mit einer Spiegelung. Darum haben die meisten Zauberwesen auch Spiegel aus Salz bei sich zu Hause hängen. Alle Zauberspiegel bestehen aus Salzkörner. Wenn jemand einen Fluch auf sie wirft oder ein Schattenwesen von ihnen Besitz nimmt, können sie es durch den Spiegel erkennen und sich dementsprechend davon befreien.

Ich habe dir gesagt, dass ich aus den Kräften von Schatten und Licht erschaffen wurde, um diese Welt zu schützen.

Weil ich unbesiegbar bin, außer ich lasse mich freiwillig töten, haben sie die letzten Waffenteile in mir versteckt.«

Der Scharphönix senkte sein Haupt und wartete darauf, dass ihn Mirella den Kopf abschlägt, um an die letzten Waffenteile zu kommen.

»Ich kann das nicht«, sagte Mirella.

»Du musst. Wenn du mich nicht tötest, kannst du nicht den Schattenkönig aufhalten.«

Mirella zögerte, ihr Pupillen zogen sich zusammen. Ihre Hände zitterten. Schweiß lief ihr den ganzen Körper herunter.

Wie könnte sie einen Freund töten? Dies war die schwerste Aufgabe, die ihr gestellt wurde. Sie schloss die Augen und schlug zu.

Der Kopf des Scharphönix fiel vor ihr auf den Boden.

Stille.

Mirella schluckte, stürzte sich danach auf den leblosen Körper des Scharphönix und aktivierte ihre Heilerkräfte.

»Alle Kräfte sollen sich verbinden,
eine Heilung für diesen Körper finden.«

Ohne es zu wollen, entzog sie die Zauberkräfte der anderen und bündelte diese in sich. Durch ihre Handflächen rauschte ein fließendes Licht in den Körper. Aber es war zwecklos. Der Scharphönix löste sich weiter auf, bis er unsichtbar wurde.

Erschöpft fiel Mirella zu Boden und schrie vor Wut. Alle anderen stöhnten, da ihre Kräfte fast am Ende waren. Nur Dien zwang sich zu Mirella zu laufen.

Er nahm sie in seine Arme und ertränkte sie darin.

»Weißt du eigentlich was das für ein Gefühl ist, wenn du deinen Freund den Kopf abschlagen musst?«, flüsterte sie.

»Du musstest es tun. Er wollte es so. Du weißt, dass er seine Kräfte aus dem Licht und aus dem Schatten bezogen hatte. Wenn der letzte Lichtbewohner getötet worden wäre, dann wäre er auch gestorben. So kannst du uns retten und ihn vielleicht später auch. Du hast die Kraft in dir dafür.«

Plötzlich aktivierte sich der Zauber der Waffen. Sie glühten hellrot auf. Schmolzen zusammen, schwebten in Mirellas Hände und eine goldene Rüstung umhüllte ihren Körper. Ihre Haare und Augen nahmen die gleiche Farbe an. Dabei strahlte sie pure Macht aus, als ob sie für die Herrschaft über diese Welt geboren wurde.

Daralius wusste etwas, was keiner zu wissen schien, er versuchte seine Freude zu verstecken.

Dien bemerkte trotzdem das unterdrückte Lächeln von Daralius. Er wusste, wenn ein Schattenkrieger lächelte, hatte es nichts Gutes zu bedeuten. Vielleicht irrte er sich auch. Schließlich sollte sein Bruder nicht zu seinem Feind werden, nicht bevor er die Wahrheit erfahren hatte.

»Du bist für diesen Kampf bereit. Wir sollten jetzt den Schattenkönig aufsuchen und töten, damit das Sterben von Lichtbewohnern ein Ende nimmt.«

»Du hast Recht Daralius. Die Lichtbewohner verstecken sich überall auf der Menschen und Lichterwelt, aber einer nach dem anderen wird getötet. Ich spüre wie das Licht auf dieser Welt erlischt und die Menschen von den Schatten eingehüllt werden. Selbst die Grauen haben sich zurückgezogen und warten ab, auf welche Seite sie sich stellen sollen. Vielleicht wenn wir einen Lichtfunken anzünden, können wir ein Brand entfachen, indem sich alle, die noch am Leben sind mit uns gegen den König der Schatten stellen.«

Dien nickte nur, auch wenn er ein schlechtes Gefühl dabei hatte. Daralius Grinsen ging ihn nicht aus dem Kopf. Er hatte geschworen Mirella zu beschützen, auch wenn er selbst sein eigenes Leben dafür lassen müsste. Aber war er bereit gewesen seinen Bruder zu töten, falls es nötig war? Einen Bruder, den er gerade erst kennenlernen durfte. Nein, er bildete sich bestimmt nur zu viel ein. Die Anspannung, das Misstrauen gegenüber jeden, ließ ihn zweifeln.

✳ ✳ ✳

Amalia beobachtete sie alle ganz genau. Ihr Vater hatte ihr beigebracht, dass Worte lügen können, aber der Körper nicht. Dien war sehr nervös. Auch wenn er auf den ersten Blick entspannt wirkte, hielt er alle seine Muskeln angespannt. Bereit, sekundenschnell zuzuschlagen, falls es nötig sein sollte.

Amalia fragte sich, ob die Waffen in Mirellas Händen und die Rüstung an ihren Körper ihn Angst machten oder ob es ihn beruhigte, dass sie jetzt in Besitz einer so mächtigen Waffe war. Warum war er sonst so nervös? Warum versuchte er trotzdem entspannt zu wirken? Ihr Blick wanderte weiter zu Mirella.

Sie war so stark und tapfer. Mirella hatte in der Vergangenheit einen ewigen Winter als letzter Mensch der Erde überlebt und Mr. Lostsoul irgendwie aufgehalten. Ihren Erfolg hatte sie ihrer Willensstärke zu verdanken, da war sich Amalia sicher. Sie war immer bereit, bis zum Äußersten zu gehen. Das machte sie so gefährlich.

In der Rüstung wirkte sie majestätisch. Ihre Augen strahlten vor Stolz und gleichzeitig versteckte sich Kummer darin. Sie würde sich ein Leben lang wegen des Scharphönix schuldig fühlen, auch wenn sein Tod notwendig und ein Geschenk an sie war. Sie machte sich ebenfalls Sorgen, das konnte Amalia deutlich erkennen. Fühlte sie sich ihrer Aufgabe nicht gewachsen? Fürchtete sie sich vor der Zukunft oder vor ihren Gegner? Amalias Blick wanderte weiter zu Daralius.

Sein Grinsen verriet ihn immer, egal wie sehr er versuchte, es zu unterdrücken. Irgendeinen Plan verfolgte er und den Schattenkönig anzugreifen, gehörte dazu. Seine kampfbereite Haltung und das erwartungsvolle Strahlen in seinen Augen unterstrichen Amalias Vermutung. Kein Schattenkrieger riskiert freiwillig sein Leben und rettet umsonst Lichtbewohner, da war sich Amalia sicher. Nein, irgendetwas stimmte mit ihm durch und durch nicht. Auch wenn er bis zu diesem Zeitpunkt nicht an sich zweifeln ließ. Wollte er den Schattenkönig stürzen? Oder war er sogar ein Spion des Schattenkönigs? Falls ja, warum brauchte er diese Waffen und Mirella?

Adans Duft zog ihre Aufmerksamkeit auf ihn.

Adan. Nun ja. Er war ein offenes Buch für alle. Seine verliebten Blicke verrieten ihn genauso wie sein besitzergreifendes Verhalten. Bei jeder Gelegenheit suchte er ihrer Nähe. Amalia hätte nie gedacht, dass es Liebe auf den ersten Blick gab, bis sie ihm begegnet war. Adan war nicht nur frech, lebensfroh und attraktiv. Er war genauso tapfer, stark und mutig gewesen. Er war bereit für das, was er liebte und begehrte zu kämpfen und zu beschützen.

Er wollte sie bedingungslos lieben. Würde er es immer noch wollen, wenn er erfahren würde, wer ihr Vater war? War seine Liebe real oder nur eine Verliebtheit, die schnell vorüberziehen würde, wenn er dem nächsten Mädchen begegnete?

Amalia, du bist ein Dummkopf. Hast dich diesen Fluch der Liebe ausgesetzt. Bildest dir ein, dass Adan dich liebt.

Ihr Herz wollte sie zwingen, ihn zu lieben, aber sie wollte es nicht. Sie durfte es nicht. Warum sollte sie ihr Herz an Adan verlieren, der sie früher oder später verlassen und fallen lassen würde für ein anderes Mädchen.

Es gibt kein Lebewesen auf dieser Welt, das sie wirklich lieben könnte. Wenn Adan erfahren würde, wer sie in Wirklichkeit ist, dann würde er sie verabscheuen.

Zu oft wurde sie verletzt.

Zu oft wurde ihr gezeigt, dass sie nicht willkommen war.

Zu oft hatte Amalia ihren Hass spüren müssen.

Ihr Herz zu verlieren, um es am ende brechen zu lassen, nein, das würde sie nicht ertragen können. Sie musste sich vor der Enttäuschung schützen, zumal Amalia an diesen Schmerz zugrunde gehen würde.

Sie war nun einmal die Tochter des meistgehassten Grauen - des Seelenfängers.

Amalia liebte ihren Vater zu sehr, um ihn zu verleugnen.

Der meist Gehasste ... murmelte Amalia erneut in ihren Gedanken, vielleicht war sie diejenige gewesen, die zum Schattenkönig gebracht werden sollte und nicht Mirella. Vielleicht wusste Daralius wer sie war und wollte sie zu dem Schattenkönig mit einer List bringen, um ihren Vater aus seinem Versteck zu locken, damit der Schattenkönig ihn tötet und sich seiner und danach ihrer Kräfte beraubt. Daralius würde Mirella und Dien bestimmt von ihr trennen. Sie würden den Schattenkönig nie zu Gesicht bekommen. Und Adan? Er würde bei ihr bleiben. Wahrscheinlich auch für sie kämpfen. Aber selbst er würde gegen den Schattenkönig keine Chance haben. Plötzlich spürte Amalia einen Stich im Herzen. Sie wollte nicht, dass Adan getötet wurde.

Womit hatte sie sich verraten? Wie konnte Daralius wissen, wer sie war? Sie hatte sorgfältig darauf geachtet, nicht in Verdacht zu geraten. Sogar von den Wölfen hatte sie sich verletzten lassen und ihre Kräfte mit Absicht unterdrückt. Bei der ersten Gelegenheit musste sie verschwinden, um ihren Vater nicht in Gefahr zu bringen.

Ihre Gedanken wurden von Daralius unterbrochen.

»Ich weiß, wo er ist und wie wir dort hinkommen.«

»Langsam, wir fünf können nicht alleine gegen die ganze Schattenwelt und den übermächtigen König kämpfen«, protestierte Dien.

»Wo vor hast du Angst? Mirella hat die Rüstung und die Waffen, ihr wird schon nichts passieren.«

»Amalia und Dien schon«, mischte sich Adan ins Gespräch ein.

»Jungs!«, schrie Mirella, » ich schleiche mich alleine in das Schloss des Königs und töte ihn.«

»Du gehst nirgendwo ohne mich hin. Du denkst, er sitzt in einem Schloss und wartet dort auf dich? Nein, der Schattenkönig lebt tief unter der Erde in einer Steinhöhle, so tief, dass es dort kein Leben gibt. In dieser Höhle flackern die Flammen des Eises. Sie verschlingen jeden, der in ihre Nähe kommen. Nur der Schattenkönig badet sich in ihnen und bezieht seine Energie daraus. Es heißt, dass in jeder Flamme der Schmerz eines Menschen brennt. Kannst du dir vorstellen, was mit dir passiert als Heilerin?«

Mirellas Augen funkelten. Da war ihre Dickköpfigkeit, ihr Wille, dass zu tun, was sie für richtig hielt, ohne darüber weiter nachzudenken. Ihre Kräfte schwanden mit jedem toten Lichtkämpfer. Mirella traute sich nicht, Dien die Wahrheit zu sagen. Nicht, dass sie spürte, wie eine Kraft nach der anderen in ihr erlosch, bis sie nur noch ein einfacher Mensch war. Wahrscheinlich erging es Dien genauso, der ebenfalls wie sie, sein Verlust lieber für sich behielt. Sie hatte auch keine große Wahl gehabt. Der Tod lauerte auf sie und ihr war es lieber im Kampf zu sterben, als zuzusehen, wie sie es nicht einmal versucht hatte. Ihr Blick fiel auf Daralius. Wahrscheinlich war er als Schattenkrieger der Einzige, der noch alle Zauberkräfte in sich trug und derjenige, der sie beschützen und hineinbringen konnte.

»Wir sterben auf jeden Fall. Es wird früher oder später geschehen, wenn ich den Schattenkönig nicht besiege. Du kannst mir nicht erzählen, dass du nicht spürst, wie sich deine Kräfte auflösen mit jedem getöteten Lichtbewohner und mit jeden Menschen, denn wir an den Schatten verlieren. Sogar die Lichterwelt verseucht er mit seinen Kreaturen, sowie durch Mord und Bösartigkeit. Was nicht getötet werden kann, wird in etwas Neues, Bösartiges verwandelt. Wie viele Häuser haben bereits ihre Lichtbewohner an die Schatten verraten? Wie viele Bäume haben für sie Lichtbewohner eingefangen? Sie haben die Seiten gewechselt. Sie leben nicht mehr für das Licht, sondern für den Schatten. Von den anderen Geschehnissen wollen wir nicht reden. Du weißt, ich muss gehen.«

»Na gut, Daralius und ich begleiten dich. Adan und Amalia versuchen mit Verstärkung später dazuzukommen«, sagte Dien.

»Ich lasse dich nicht im Stich«, protestierte Adan und packte seinen Bruder an die Schultern.

»Du kannst mir nur helfen, wenn du Verbündete suchst, um eine Armee unter deinem Kommando aufzubauen. Versuche es bei unseren Onkel und den Grauen, falls du sie aufspüren kannst. Sie haben uns schon einmal geholfen.«

Dien wusste zu genau, dass Adan nie eine Armee auf die Füße stellen konnte.

Ihr Onkel war mit seiner Liebe, der Königin der Grauen spurlos verschwunden und ohne Führung würden sie nichts unternehmen. Im Gegenteil, selbst die Grauen verstecken sich, auch wenn das Licht auf dieser Welt noch nicht überall erloschen war. Selbst jetzt jagten die Schattenkrieger Graue und töteten sie, auch wenn sie noch nicht den Befehl dazu bekommen haben.

Graue bestanden nun einmal aus Licht und Schatten. Egal welcher Elternteil zu welcher Seite gehörte. Sie trugen das Licht in sich. Ein Leuchten, was ausgelöscht werden musste.

❄ ❄ ❄

Adan dachte kurz über Diens Vorschlag nach. Das war eine gute Gelegenheit gewesen, Amalia in Sicherheit zu bringen und seinen Bruder mit einem Überraschungsangriff zu unterstützen.

»Vielleicht hast du recht. Wenn ich später dazukomme, wird der König überrumpelt sein, da er mit uns nicht rechnet. Der Sieg gehört uns.«

Doch als er sich umdreht, war Amalia spurlos verschwunden.

»Wo ist sie hin?«

Dien suchte den Boden ab.

»Sie hat sich bestimmt zuerst unsichtbar gemacht und da ich keine Fußspuren entdecken kann, muss sie weiter über die Bäume geklettert sein. Mach dich auf die Suche nach ihr und wenn du sie gefunden hast, dann komm mit Verbündeten nach.«

Adan nickte, obwohl er in Diens Augen etwas sah, was er nicht verstand. Es war Zweifel. Aber Adan wusste, dass er Amalia finden würde. Oder zweifelte Dien, dass er wieder kommen würde, um ihn zu unterstützen? Er verwarf seine Gedanken, wahrscheinlich bildete er sich das alles nur ein. Er musste sich jetzt auf Amalia konzentrieren. Seine

Liebste. Die Frau, die ihn vollkommen und vollständig machte. Sie konnte vor ihrer Liebe weglaufen und sich vor ihm unsichtbar machen, aber ihren Geruch würde er überall wittern und er würde sie sich zurück in sein Leben holen.

Immer noch roch er sie in der Luft und er wusste zu gut in welche Richtung sie gelaufen war.

Als Adan sich auf die Suche nach Amalia machte und außer Sichtweite war, nutzte Daralius die Gelegenheit und erhob das Wort.

»Wir müssen in die gegenüberliegende Richtung reisen. Weil Adan zu Fuß unterwegs ist und wir eine ganze Weile noch Reisen müssen, würde ich vorschlagen, dass du auf Sesam reitest und ich auf meinen Wolf Cesar.«

Dien stieg stillschweigend auf das Pferd. Was für ein komischer Vorschlag, natürlich würde er auf Sesam reiten.

Gerade als er Mirella seine Hand zum aufsteigen anbieten wollte. Küsste Daralius ihre Hand, schmeichelte wie ein Fuchs seinem Opfer und bot ihr einen Platz bei sich an. Nein, nicht der Kuss des Schattens, dachte er. Bruder hin oder her. Wenn er Mirella mit seinem schwarzen Gift verseucht hatte, würde er es schnell bereuen. Daralius hatte ihn mit seiner Aufforderung auf Sesam aufzusteigen abgelenkt, er hätte zuerst Mirella darauf setzen sollen.

❄ ❄ ❄

Mirella entzog Daralius ihre Hand. Ihre Heilerkräfte waren immer noch aktiv gewesen und drängten das Schattengift schnell wieder zurück, bis sich der schwarze Kussabdruck mit dem Schattengift ganz aufgelöst hatte.

Ohne es bemerkt zu haben, drehte Mirella sich zu Dien um. Seine helfende Hand war ihr bereits entgegengestreckt gewesen und sie stieg wortlos und noch etwas benebelt auf. Dien war froh, dass er sich geirrt hatte.

Daralius streichelte seinen Wolf über den Hals und raunte ihm ins Ohr.

»Sie ist noch nicht so weit, aber bald wird sie zu uns gehören.«

Als Antwort knurrte sein Wolf.

»Ich habe vergessen, dass ihr beide überall gesucht werden, besonders Mirella. Ihre Aura würden die Schatten auf einen Kilometer spüren und sie entsprechend empfangen. Ich muss euch mit einem Zauberbann belegen, damit das Licht in euch unterdrückt wird.«

»Nein!«, schrie Dien, der immer noch nicht vergessen hatte, das Daralius Mirellas Hand geküsst hatte. Was bei einem Schattenkrieger nie ohne Hintergedanken passierte, »Ich werde uns mit einem entsprechenden Zauber belegen.«

»Du Narr. Weder du noch die anderen Lichtbewohner wären geflohen, wenn ihr zu so einem Zauber fähig gewesen wärt.«

»Dien«, mischte sich Mirella ein, »er hat recht und du weißt es auch.«

Diens Zähne knirschten vor Wut. Nur der Gedanke, dass Mirellas Heilerkräfte immer noch aktiv waren und sie schützen würden, brachten ihn dazu einzuwilligen.

Daralius lächelte zufrieden.

»Umhüllen soll euch das dunkle,
das bleibt vom Guten nicht einmal ein Funken.
Eure Seele wendet sich,

das Dunkle jetzt in ihr spiegelt sich.«

Mirellas und Diens Kleidung wechselten in ein tiefes Schwarz und roch anschließend nach Rauch und vergammelten. Sie fühlten sich nicht anders als zuvor. Der Schatten konnte sie umhüllen, aber nicht ihre Seele einnehmen, auch wenn Daralius dies mit seinem Zauber versucht hatte.

Sie flogen anschließend los. Ihr nächstes Ziel war der Eingang zum Thronsaal des Schattenkönigs. Der gut versteckt - vor den Augen von Mirella und Dien gewesen war. In der menschlichen Stadt Mungomonien, in der sie beide einmal gelebt hatten.

Schejtan

Als sie über Mungomonien flogen, konnt Dien nicht fassen, dass der Schattenkönig die ganze Zeit vor ihren Augen war. Natürlich war es nur logisch gewesen, dass die wichtigste Stadt der Menschen, der Lichtbewohner, auch die der Schatten war. Aber im Gegensatz zu den Lichtwächtern, die durch verschiedene Portale zu ihrer Zwillingswelt reisten, lebten die Schatten unter der Erde.

Tief - sehr tief unter der Erde. Wenn es irgendwo so einen Eingang gegeben hätte, dann wäre es Dien nicht entgangen.

Daralius gab ihnen das Handzeichen, dass sie runter müssten und sie folgten ihm mit ihren Pferd Sesam.

Sie landeten im Zentrum der Stadt und die Menschen störte es überhaupt nicht. Sie beachtete sie nicht einmal, als ob sie jegliche Emotionen verloren hätten.

Früher wäre so etwas nicht denkbar gewesen. Licht und Schatten zeigten sich den Menschen nie und schon gar nicht in ihrer wahren Natur. Die Menschenwelt durfte niemals wissen, dass es sie gab.

Aber die Regeln hatten sich verändert, die Menschen haben sich geändert. In dieser Stadt gab es nichts mehr - was heilig oder gut war.

Die Menschen stritten, neideten, hassten und kämpften. Die Schatten quälten sie mit ihren Albträumen und Hirngespinsten. Flüsterten ihnen Unwahrheiten ins Ohr und trieben damit das Spiel des Neides und des Hasses voran, wenn sie zu müde dafür wurden. Diejenigen, die sich immer noch dagegen wehrten, weil ihre Lichtpaten irgendwo versteckt überlebt hatten, bestraften die Schatten zusätzlich mit Schmerzen, in der Hoffnung, den Lichtwächter damit anzulocken, da er unbedingt helfen musste. Oder ein Grübler schlich sich in ihre Körper und versuchte sie zu manipulieren.

Für Daralius war dies anscheinend normal gewesen, aber für Mirella und Dien glich es der Hölle auf Erden. Mirellas Heilerkräfte aktivierten sich und drängten sie dazu, diesen armen verletzten Menschenwesen zu helfen. Mirella blickte auf Dien hinab, der gleichzeitig mit Daralius abgestiegen war und ihr die Hand reichte.

»Du wirst nichts unternehmen! Das wäre dein Todesurteil!«, flüsterte er ihr bestimmend zu, »das wäre unser Todesurteil«, berichtigte er sich in der Hoffnung, dass ihre Liebe zu ihm größer war, als der Drang zu helfen.

Mirella schluckte einen dicken Kloß hinunter und nickte anschließend zustimmend. Sie fühlte sich nicht wohl bei den Gedanken nicht helfen zu können, darum senkte sie den Kopf.

Sie schritten über verdreckte Straßen. Liefen neben zerstörten Geschäften und bösartigen Menschen vorbei, die jeden angriffen, der ihnen zu nahe kam. Die Schatten befeuerten sie dabei und trieben ihren Spaß mit ihnen.

Mirella musste ihre Augen schließen und sich an Dien festhalten, um nicht den Drang zu unterliegen, einzuschreiten. Endlich blieben sie vor einem gelb angestrichenen und einzig unzerstörten Haus in der Stadt stehen. Man könnte meinen, dass diese fröhliche Farbe einen einlud, aber in Wirklichkeit fürchteten sich alle vor dem Gebäude und machten einen großen Bogen darum.

Daralius klopfte nicht, er sagte auch keinen Zauberspruch auf, sondern wartete geduldig, dass sich die Türe von alleine öffnete. Sie schritten über die Schwelle und im Inneren erwartete sie nichts als ein riesiges Loch in der Erde, dass dem Umfang des Hauses entsprach.

Mirella und Dien pressten sich an die Wand des Gebäudes, um nicht hineinzufallen.

Daralius grinste bei dem Anblick, dabei veränderten sich seine Gesichtszüge fast zu einem neuen Gesicht.

»Keine Angst, ihr könnt nicht hineinfallen, hier funktioniert die Schwerkraft durch einen Zauber ganz anders.«

Er sprang hinein und verschwand.

»Wie meint er das?«, fragte Dien entsetzt.

»Das werden wir herausfinden«, antwortete Mirella uns sprang hinterher ohne nachzudenken.

Dien blieb nichts anderes übrig als ihr zu folgen.

Im Inneren des schwarzen Loches schwebten alle drei nebeneinander. Mirella hatte das Gefühl im unendlichen Weltraum zu sein, ohne Sterne und Planeten.

»Bereit?«, fragte Daralius und wartete nicht auf ihre Antwort.

»Das Schattenreich, so groß und so unendlich,
für jeden so dunkel und schädlich.
Zum König trage mich fort,
bring mich zu diesen Ort.«

Sie schwebten nicht los, nein sie rasten durch den schwarzen Tunnel, wie auf einer Achterbahn im Dunklen. Nur das man sich nicht irgendwo festklammern konnte, sondern der Schwerkraft überlassen wurde, nicht gegen etwas zusammenzuprallen. Es schien ewig zu dauern, bis sie anhielten und Mirella plötzlich festen Boden unter sich spürte und die Dunkelheit um sie herum endgültig verschwand. Vor ihr loderten die blauen Flammen des Eises. Wenn sie eine Kälteverbrennung davon tragen würden, wäre es wahrscheinlich noch am harmlosesten.

❄ ❄ ❄

Schejtan machte eine bedeutende Handbewegung nach unten und das Feuer erlosch. Mirella dachte an ihren Vater, der die ganze Welt in Eis und Schnee erstickt hatte und wusste schon damals, dass diese Gabe von seiner dunklen Seite stammt. Ob sie diese auch irgendwo in sich trug, aber noch nicht entdeckt hatte?

Sie drehte den Kopf zu Dien, als sie ein schleifendes Geräusch neben sich hörte. Er kniete vor dem Schattenkönig. Das konnte nicht sein. Mirella konnte ihren eigenen Augen nicht trauen. Dien war selbst ein König. Er würde nie freiwillig vor den Schattenkönig auf die Knie fallen.

»Mein König«, als er den Kopf hob, erkannte Mirella, dass er in diesem unendlichen Tunnel zu einem Schatten geworden war. Also erfüllte sich am Ende Daralius Fluch. Jetzt war auch Diens Seele vom Schatten eingenommen worden.

Sie hatte zwar die Schattengeister im Tunnel gespürt, die um sie herum getanzt hatten und sie dabei versuchten zu infizieren, aber keine Angst verspürt, da sie genau wusste, dass ihre Heilerkräfte aktiv waren. Genauso war sie sich sicher gewesen, dass Dien zu stark gegenüber ihren Einfluss gewesen war. Aber sie hatte Daralius Fluch, mit dem er sie belegt hatte, ganz vergessen.

Plötzlich hörte sie rechts neben sich, wie Hunderte von Schattenkrieger auf die Knie fielen. Als Mirella sie neben sich erblickte, erstarrte sie.

Die gesamte Armee des Schattenkönigs war an diesen Ort versammelt, um ihren König zu beschützen und Dien wurde zu einem von ihnen.

Mirella musste ihm helfen. Aber wie? Kaum war dieser Gedanke zu Ende gedacht, unterbrach sie die Stimme ihres Großvaters.

»Ich wusste, dass du kommen würdest«, sagte er mit einer siegessicheren Stimme, »nur Dien war ein Problem gewesen. Er hätte dich aufgehalten. Aber durch einen einfachen Trick, konnte ich ihn überlisten und hier hinbringen als einen von uns!«

»Woher wusstest du das ich nach deinem Mordversuch komme?«, fragte Mirella.

»Wenn du den Angriff mit den regenbogenfarbenen Pfeilen meinst, das war ich nicht, auch wenn ich geschworen habe, dich bei der nächsten Gelegenheit umzubringen. Irgendjemand anders hatte es ebenfalls auf dein Leben abgesehen. Dein Tod hätte für mich nur die Folge, dass mich mein Sohn Arthur, jagen und töten würde, um anschließend mein ganzes Schattenreich auszulöschen. Nach langer Überlegung wurde mir klar, dass ich dich brauche.

Lebend bist du für mich viel mehr wert. Ich werde von diesem Tag an, als Sieger über alles herrschen. Niemand kann mich mehr aufhalten.«

»Warum tötest du die Lichtmenschen und zerstörst ihre Welt?«

»Mein Sohn und du ward spurlos verschwunden. Nach dem Angriff auf dich bist du geflohen und hast verwirrte und siegessichere Lichtkämpfer zurückgelassen. Ihr Sieg über Mr. Lostsoul - meinen Sohn ließ sie unvorsichtig werden. Und als sie verwirrt waren, warum du verschwunden warst, habe ich Gerüchte gestreut. Du hättest dabei sein sollen. Mein Schattenherz hat höher geschlagen, als sie sich gegenseitig beschuldigt hatten. Nach kurzer Zeit ist ihr Zusammenhalt zerfallen. So waren sie eine leichte Beute für meine Schattenkrieger. Das war der perfekte Augenblick gewesen, um diese Welt in ein Schattenreich zu verwandeln. Was mein Sohn vollbracht hatte, das konnte ich genauso. Auch wenn er es vorzog, uns alle zu vernichten und die Welt unter Eis und Schnee zu begraben, um König der Seelenlose zu werden.

Ihn hatte der Schmerz angetrieben. Mich treibt meine Machtgier an. Ich kreiere eine Welt voller Hass und Neid, wo wir Schatten die alleinigen Herrscher sind und ich ihr König bin. Wir brauchen das Licht nicht.«

Mirella wagte es noch nicht ihre Waffen herauszuziehen, da sie genau wusste, dass sie Dien und Daralius sofort angreifen würden. Ihre Anwesenheit konnte sie deutlich hinter sich spüren.

»Der Scharphönix hat gesagt … «

»Der Scharphönix sowie Daralius gehörten zu meinen Plan. Denkst du wirklich das er Lichtmenschen retten konnte, ohne von uns entdeckt zu werden.

Und zu behaupten, dass Daralius Diens Bruder ist, machte meinen Plan perfekt. Ich wusste, dass er ihn blind vertrauen würde.«

»Daralius ist nicht sein Bruder?«

»Natürlich nicht. Ich freue mich, dass du mir alle Waffenteile mitgebracht hast, damit ich Dien damit töten kann. Ich war vor dir, nur im besitzt der letzten Waffenteile gewesen, die ich im erschaffenen Scharphönix versteckt hatte. Mach dir keine Vorwürfe, der Scharphönix hat dich nicht betrogen, er wurde so erschaffen. Er dachte wirklich, dass alles was er erzählt hatte, der Wahrheit entsprach. Ich wusste das ich schlauer sein musste als Dien. Er hätte anders den Schwindel aufgedeckt. Daralius hatte sich deshalb auch im Hintergrund gehalten. Dien wird heute durch meine Hand und deine Schuld sterben.

Der Tod ihres geliebten Lichtkönigs wird dazu führen, dass der rebellische Rest aufgibt.«

Mirella streckte ihre Hand zu Dien.

»Meine Kräfte übertrage ich auf Dien neben mir,
mein Befehl passiert jetzt und hier.«

Für einen längeren Zauberspruch war keine Zeit mehr gewesen, da der König sein Schwert gezogen hatte und Mirella angriff.

»Du dummes Kind. Jetzt hast du keine Zauberkräfte mehr, die dich vor mir schützen können. Ich werde deinen Körper mit dem Schatten verseuchen, ob du es willst oder nicht. Selbst wenn es das Letzte ist, was ich in meinem Leben tue. Die Schatten werden diese Welt einnehmen und du wirst eine von uns sein. Danach wird sich dein Vater besinnen und zurück zu mir, zu seinem Volk kommen.

Dort wo er auch hingehört, bevor ihn deine Mutter auf ihre Seite gezogen hatte. Bevor du ihn verändert hast. Nur du hast die Macht ihn erneut zu verändern.«

»Ich habe noch die Waffen und die Rüstung, die mir Schutz bieten werden.«

»Hast du sie wirklich? Ich sehe Daralius damit.«

Mirella drehte sich um und sah ihn tatsächlich in der Rüstung mit Schwert und Schild.

»Er hat dich betrogen. In deiner Hand hältst du nur eine gute Kopie der Waffen. Du hast vergessen wer er ist. Ein Wolf im Schafsfell.«

Mirella kochte vor Wut und stieß mit dem Schwert zu, bevor irgendjemand reagieren konnte.

Sie spürte in ihren Händen, wie der kalte Stahl seinen noch kälteren Körper durchstößt. Sie wusste das er so leicht nicht sterben würde. Trotzdem fiel er auf die Knie, sein Körper verschwand mit der Waffe im Oberkörper. Während Mirella immer noch auf den Platz starrte, wo ihr Großvater gerade eben noch war, bekam sie nicht mit, dass er sich hinter ihren Rücken zu Daralius teleportiert hatte.

»Während ich Mirella ablenke, solltest du Dien mit dem Zauberschwert töten, dass gemacht wurde, um Könige zu töten. Du Versager. Wenigstens haben wir Mirella mit dem Schattengift infizieren können. Nicht mehr lange und mein Sohn wird kommen. So lange werde ich versteckt vor euren Augen sein.«

Daraufhin löste er sich auf, ohne auf eine Antwort vor Daralius zu warten.

Er wollte Dien töten, aber jetzt gehörte er zu den Schatten. Zu seinen Brüdern und Schwestern. Er war nicht so wie Schejtan gewesen. Auch wenn seine Seele vom Schatten beeinflusst wurde, hatte er ein Ehrgefühl.

Währenddessen begutachteten hunderte Augen Mirella. Die Schatten warfen augenblicklich ihre Waffen zu Boden und verbeugten sich vor ihrer neuen Königin. Sie nahmen an, dass sie den König getötet hatte und jetzt seinen Platz einnahm. Als Schattenprinzessin und als seine direkte Nachfolgerin hatte sie Anspruch auf den Thron. Sie war seine Enkeltochter. Die rechtmäßige Thronfolgerin nach ihren Großvater und Vater. Aber das bedeutete auch, dass ihre Zukunft mit Dien nur noch ein Traum war.

Er, der Anführer des Lichtes.

Er, der den Schatten in sich niedergekämpft hatte, um für das Richtige einzustehen.

Er, der das gleiche Schicksal wie Mirella teilte und trotzdem fähig war, besser als jeder seiner Untertanen zu sein.

Er, der sie liebte und jetzt an den Schatten verlor hatte.

Ihre Augen hefteten sich an ihn. Dien kniete immer noch geschwächt auf den Boden. Sie erhaschte noch eine Träne in seinen Augen, bevor Adan mit Sesam zur Hilfe kam und Dien auf dem Rücken des Pferdes zog. Mirella fragte sich, wie er es geschafft hatte durch den Tunnel zu reisen, ohne vom Schatten infiziert zu werden. Wahrscheinlich trug er den Tarnmantel über sich und Sesam. Oder besaß er immer noch seine Kräfte? Sehnsüchtig sah sie Dien nach.

»Ich liebe dich«, flüsterte sie als Lebewohl.

Die dunkle Armee unter ihr begrüßte sie als neuen Anführer der Schattenwelt. Aber Mirella war in ihren Gedanken nur bei Dien. Hatte sie ihn für immer verloren? Wie sah ihre Zukunft jetzt aus? Wurden sie durch diese Tatsache zu Feinden?

Dien war geschwächt und dadurch unfähig sich zu rühren. Sein Körper war steif und schwer. Er konnte nicht einmal sprechen. Wahrscheinlich hatten ihn die Heilerkräfte in diesem Zustand versetzt, um mehr Kraft für die Heilung gegen das Schattengift in seinem Blut aufbringen zu können. Er hatte immer geschworen sein Leben für Mirella zu geben, sie zu beschützen, nicht von ihrer Seite zu weichen und jetzt tat er das alles, ohne sich dagegen wehren zu können. Würde sie ihm jemals verzeihen können? Adan hätte Mirella und nicht ihn retten sollen.

Lange flogen sie über eine wunderschöne Landschaft hinweg, die zum Schatten gar nicht passen konnte, wahrscheinlich war das auch seine beste Tarnung gewesen. Er Versteckte sich dort, wo er niemals gefunden werden konnte, da ihn niemand an diesen Orten vermutete.

Endlich landete Adan.

»Sesam war zu mir beunruhigt zurückgekehrt und ich wusste sofort, dass etwas nicht stimmen konnte.

Du weißt, dass Sesam dich durch deinen Geruch überall finden kann? Du hast ihm dein Leben zu verdanken.«

Dien konnte sich langsam wieder bewegen und sprechen. Stotternd antwortete er:

»Du hättest Mirella retten sollen.«

»Mirella ist verloren. Ich habe von oben gesehen wie der Schattenkönig sie mit einem Fluch belegt hat. Es ging so schnell, dass sie es nicht einmal gemerkt hatte. Das alles hier war eine Falle gewesen, um Mirella zum Schattenkönig zu locken und wir sind darauf reingefallen.«

»Ich muss Mirella retten«, stotterte Dien erneut.

Adan antwortet nicht. Er setzte sich neben Dien und gab ihn Zeit sich zu regenerieren. Zeit die sie eigentlich nicht hatten.

❆ ❆ ❆

Daralius stand immer noch mit der Rüstung und den Waffen hinter ihr, die er schnellstmöglich verschwinden ließ und ihr vortäuschte, dass sie diese in Wirklichkeit die ganze Zeit an hatte. Sie sollte denken, dass sie Schejtan belogen hatte.

»Mirella, du hast ihn getötet. Meine Königin.«

Daralius verbeugte sich tief vor ihr. Griff nach ihrer Hand, um ihr einen Handkuss zu geben. Mirella entzog ihm diese wütend.

»Du wirst doch nicht deinen Großvater seine Lüge glauben. Du hattest die ganze Zeit die echten Waffen. Wie würdest du dir sonst erklären, dass du den Schattenkönig getötet hast?«

Mirella schnaufte.

»Warum hast du für Schejtan gearbeitet?«

»Habe ich das? Bist du dir da sicher? Vielleicht wollte dich dein Großvater beeinflussen, damit du, wie die anderen niemanden mehr traust, außer dir selbst. Du solltest nicht den gleichen Fehler machen, wie sie.«

»Das spielt jetzt keine Roller mehr. Es kann nicht mehr schlimmer sein, als es jetzt schon ist.«

Daralius wusste sehr wohl, dass es noch schlimmer werden wird. Ihr Glück war es, dass er gezögert hatte Dien zu töten. Das machte ihn auch zum Schwächling der Schattenwelt. Er war tatsächlich schon immer anders gewesen, als die anderen Schattenkrieger. Manchmal dachte er darüber nach, ob er nicht wirklich ein Grauer sein könnte. Vielleicht sogar Diens Bruder. Es wäre typisch von seinem König gewesen einen Bruder durch die Hand des anderen töten zu lassen.

»Du bist unsere Königin. Bestimme über dein Volk. Führe uns in den Sieg.«

Mirella spürte wie sie sich selbst jede Minute immer mehr verlor und zu etwas Neuem wurde. Ihre langen Haare verfärbten sich in ein noch tieferes Schwarz, während ihre Augen zu glühen begannen.

»Wo ist Luzan, der Mörder meiner Mutter?«

Mirella freute sich, den Mann töten zu können, der damals ihre Mutter umgebracht hatte und damit ihre Familie zerstörte.

Ihre Mordlust, ihr Hass der in ihr aufkeimte machte sie zu einer wahren Schattenkönigin, die wahrscheinlich nie wieder zu den Lichtern und damit zu Dien zurückkehren konnte.

»Er ist seit dem Anschlag auf euch spurlos verschwunden«, antwortet Daralius mit einem merkwürdigen Ausdruck in seinen Augen. Wusste er etwas was er Mirella verheimlichte?

»Hat er mich versucht zu töten? Wenn ja, warum?«

»Nein, das ist nicht möglich. Luzan stand direkt neben mir, als du angeschossen wurdest. Aber er war kurze Zeit danach spurlos verschwunden. Er war sicher nicht der Bogenschütze.«

»Was denkst du, wer hinter den Anschlag steckt?«

»Ich weiß es nicht sicher, aber ich habe eine Vermutung.«

»Und die wäre Daralius?«

»Ein Abtrünniger? Ein Verbündeter deines Vaters, der an dir Rachen nehmen wollte, weil du deinen Vater überzeugt hattest die Welt nicht unter Eis und Schnee zu begraben und alles zu töten, was nicht seelenlos werden konnte.«

Mirella dachte über Daralius Worte nach. Wahrscheinlich wusste er mehr als er zugeben wollte. Vielleicht war sogar ihr Großvater in der Sache verwickelt gewesen, um sie genau da zu haben wo sie jetzt ist. Getrennt von Dien, ohne einen funken Licht mehr in ihren Leib. Das heißt, die Liebe zu Dien konnte nichts töten, nicht einmal der Schatten. Darum verliebten und verbündeten sich Ehepartner auch die aus Licht und Schatten bestanden. Darum gab es auch die Kinder, die als Graue bezeichnet wurden. Darum waren sie normalerweise die wahren Hüter von Licht und Schatten, da sie aus beiden bestanden. Warum hatte sie nicht früher daran gedacht. Als Schattenkönigin hatte Mirella alle ihre Kräfte wieder zurückbekommen, außer der Heilkraft, die sie Dien weiter gegeben hatte. Sie musste ihren Liebsten heute Nacht eine Nachricht schicken.

Er musste wissen, dass ihm nur die Grauen helfen können.

Er musste wissen, dass die Abtrünnigen, die damals auf der Seite ihres Vaters gekämpft hatten, sie wahrscheinlich angegriffen hatten.

Aber wer? Es waren so viele gewesen und was war mit ihren Vater passiert. Er hätte sich längst in das Geschehen eingemischt. Arthur hätte seinen Vater, ihren Großvater Schejtan aufgehalten.

Er, ihr Vater hätte sie beschützt, davon war sie überzeugt gewesen.

Sie funkelte Daralius an.

»Ich wünsche, dass mein Vater und alle seine Gefolgsleute aufgespürt und zu mir gebracht werden.«

Daralius verbeugte sich tief.

»Ja, meine Königin«, antwortete er, während er sich sicher war, dass ihr Vater, falls er noch lebte zu ihr kommen würde. Wenn sie ihn hätten finden können, hätten sie Mirella nicht hierhin gelockt.

❄ ❄ ❄

Die Nacht brach an und Dien, sowie Adan waren gezwungen dort zu übernachten, wo sie gelandet waren.

Diens Kräfte waren zwar dank seiner Heilerkräfte schnell wieder zurückgekehrt, aber ohne Plan hatten sie erst einmal entschieden, dortzubleiben und den nächsten Tag abzuwarten.

Kaum war er eingeschlafen, träumte er von Mirella. Er schrie ihren Namen immer und immer wieder aus voller Kehle. Adan, der die erste Wache übernommen hatte, fühlte Mitleid mit seinen Bruder. Er kannte Amalia kurz und trotzdem konnte er ihre Trennung schwer ertragen, wie müsste es dann Dien erst ergehen.

Schweißgebadet schlug Dien seine Augen auf.

»Wir müssen zu den Grauen«, stotterte er.

»Was?«

»Mirella hat mich zu den Grauen geschickt. Nur sie haben am Gleichgewicht zwischen Licht und Schatten das größte Interesse.«

»Die Grauen sind spurlos verschwunden. Wo sollen wir sie suchen?«

»Nachdem wir Mirella raus geholt haben, suchen wir Amalia.

Amalia hat die Instinkte ihres Vaters geerbt. Wahrscheinlich ist sie auf der Suche nach ihm, der nicht gefunden werden kann, wenn er es nicht will. Außerdem habe ich ihren Vater versprochen, auf sie aufzupassen. Das heißt, du hast dich verpflichtet, auf sie acht zu geben.«

»Ich hatte sie gefunden und fast wieder eingefangen. Aber als Sesam kam habe ich meine Jagt auf sie abgebrochen«, sagte Adan.

»Findest du sie erneut?«, fragte Dien.

»Ich würde sie überall wieder finden. Irgendwie bin ich mit ihr verbunden. Ich spüre sie. Ich rieche sie. Sie kann mir nicht entkommen.«

»Gut, lass uns zuerst Mirella holen. Ich spüre ihre Nähe. Sie ist höchstwahrscheinlich an den Ort gegangen, an dem sie sich immer zu Hause gefühlt hatte. In der Wohnung, in der sie aufgewachsen ist.«

❄ ❄ ❄

Die Sonne schien Mirella ins Gesicht und sie fühlte sich unwohl. Schatten hassten die Wärme und das Sonnenlicht. Sie war jetzt ihre Königin und vergaß mit jeder Minute, wer sie ist oder wer ihr wichtig war in ihrem Leben. Schejtans Fluch entfaltete seine Wirkung. Mirella schlug ihre Lider wieder zu und schlief erneut ein. Sie träumte von Dien, der inzwischen ein Fremder für sie war. Er begegnete ihr im Traum, zog Mirella in seine schützenden Arme. Sein Körper war weich und warm. Sein Herz schlug langsam und regelmäßig, während ihres seinen Takt folgte. Diens verlockender Mund beugte sich zu ihrem Ohr hinunter:

»Komm zu mir zurück«, flüsterte er und Mirella erwachte schweißgebadet.

Als sie ihre Augenlider erneut aufschlug, stand dieser unbekannte Mann in Begleitung eines anderen vor ihrem

Bett. Sie weitete ihre Augen und schrie nach ihrer Wachen, die anscheinend selbst in den Untergrund geflohen waren, weil sie die Sonne nicht mehr ertragen konnte. Dien küsste sie. Mirella schubste ihn von sich weg.

»Wer seid ihr und was wollt ihr? Ich werde euch für eure Unverschämtheit töten lassen«, fauchte sie.

Dien war entsetzt, er konnte nicht glauben, dass diese wunderschöne Frau, seine Mirella, ihn nur in einer Nacht vergessen konnte. Das Schattengift war stark, aber doch nicht stärker als ihre Liebe?

»Mirella. Erkennst du uns nicht?«, fragte Adan.

»Ihr seid Lichtbewohner die mir schaden wollen. Ihr seid gekommen um mich zu töten.«

»Ja. Nein. Wir sind Lichtbewohner, aber wir sind nicht gekommen um dich zu töten, sondern um dich zu befreien.«

Mirella streckte ihnen die Hände entgegen und wollte sie gerade mit einem Schattenfluch belegen, als Dien sie schnappte und über die Schulter legte.

»Lass uns abhauen, bevor sie merken, dass ihre Königin verschwunden ist.«

Adan pfiff und Sesam flog unter ihr Fenster. Beide Brüder sprangen auf dem Rücken des Pferdes. Dien schob anschließend Mirella von seiner Schultern runter, um sie wie einen Sack über das Kreuz des Tieres zu legen. Mirella schrie vor Wut und fühlte sich unfähig, etwas zu tun, weil sie ganz durcheinander war. Weil ihr das Schattengift immer noch zusetzte und sie umformte.

»Sesam flieg nach Süden.«

Adan konnte Amalias nähe fühlen. Sein Körper vibrierte in ihrer Nähe, insbesondere wenn er wie jetzt aufgeregt war. Ihren Duft konnte er sogar kilometerweit wahrnehmen.

✳ ✳ ✳

Er spürte sie im Land der Gestaltenwandler auf. Was hatte sie dort zu suchen? Die Gestaltenwandler waren ein Volk, was unberührt von dem Kampf zwischen Licht und Schatten blieb. Sie lebten die meiste Zeit als Tiere und änderten ihre Gestalt sehr selten in eine menschliche. Sie waren nicht anfällig oder beeinflussbar durch gut oder böse gewesen. Sie lebten nach ihren eigenen Gesetzen, wo nichts in diese Kategorien eingeteilt wurde. Bei ihnen herrschte Ehre und Stolz. Wer gegen ihr Volk oder ihre Gesetze handelte, wurde aus der Gemeinschaft ausgestoßen. Die Aufgestoßenen starben schnell, da ihnen das Rudel fehlte. Diese waren ohne eine Gemeinschaft schutzlos und verhungerten oft. Außer sie schlossen sich den Menschen an. Aber vor den Menschen konnte sie nie das sein, was sie in Wirklichkeit waren. Gestaltenwandler, die ihr wahres ich verstecken mussten, wurde oft wahnsinnig oder aggressiv. Jede Tierart war in diesem Land vertreten. Egal ob sie groß oder klein war.

Dien half Mirella vom Pferd abzusteigen und gab ihr einen fordernden Kuss in der Hoffnung, sie würde sich an ihn, an sie beide erinnern.

Eine Ohrfeige folgte als Antwort. Dien umklammerte sie mit seinen Armen und presste sie ganz nah an sich, weil er sonst nicht wusste, was er tun sollte.

»Es wird nicht lange dauern und meine ganze Armee wird kommen, um euch zu töten«, fauchte sie.

»Ich befürchte sie hat recht. Wir müssen uns mit der Suche nach Amalia beeilen. Am besten ich gehe allein. Mit Mirella würden wir alle Aufmerksamkeit auf uns ziehen, du kannst dir in der Zwischenzeit überlegen, wie du sie von dir überzeugen kannst.«

»Leider habe ich inzwischen meine ganzen Kräfte verloren, außer der Heilkraft von Mirella. Wenn es so weiter geht, erlischt das Licht der Welt und wir sind verloren.«

Adan überlegte kurz.

»Wir müssen diesen Wahnsinn aufhalten. Meine Kräfte schwinden ebenfalls. Aber noch spüre ich sie in mir.

Ich muss los, lass dir in der Zwischenzeit etwas einfallen«, sagte Adan und sprang auf den nächstgelegenen Baum.

»Die Lichtmenschen sterben aus. Ich spüre es«, flüsterte Dien leise.

Adan schien seine letzten Worte nicht mehr zu hören.

❄ ❄ ❄

Adan folgte Amalias Geruchsspur in einem Wald hinein. Und er wusste, dass sie nicht zu den Gestaltenwandlern wollte. Sondern auf den Weg zu den Menschen mit Zauberkräften des Lichtes war. Sie versteckten sich in diesem Land, weil sie nie jemand dort suchen würde und weil die Gestaltenwandler sie dort in Ruhe leben ließen. Sehr wenige Lichtbewohner und noch weniger Schattenbewohnern hatten Menschen geliebt.

Ihr Nachwuchs und ihre Nachfahren lebten jetzt hier.

Andere bezeichnete sie als Heiler, Hexen oder Zauberer. Er hatte von der Gemeinde, die sich von der übrigen

Menschheit getrennt hatte gehört und natürlich von Amaral, dem heroischen Anführer. Ihr Geruch verriet ihm, dass sie ganz in der Nähe war. Der Wald wurde immer dunkler, je tiefer er hineinging. Die Äste knackten unter seinen Füßen, was gar nicht gut war. Er musste sich weiter über den Bäume bewegen. Außerdem war es sicherer. Er kletterte über den großen Tannen, die so nah aneinander Standen, dass sie kein Sonnenlicht durchdringen ließen. Es brachte ihm auch den Vorteil, dass er dadurch leichter von einem Ast auf den anderen klettern konnte.

Plötzlich wurde Amalias Geruch intensiver. Sie war ganz in der Nähe, aber weiterhin unsichtbar. Adan konzentrierte sich. Höchstwahrscheinlich hatte sie ihn schon längst entdeckt. Plötzlich sprang etwas auf ihn. Adan konnte seinen Fall kaum bremsen. Landete dank seiner schnellen Reflexe auf den Beinen, um im nächsten Augenblick wieder zu Boden gerissen zu werden. Amalia saß rittlings auf ihn und hielt ihm ein Messer an die Kehle.

»Warum verfolgst du mich?«, fragte sie.

Ohne zu antworten drehte sie Adan unter sich, indem er blitzschnell ihre Hände ergriff und nach hinten drückte, dabei verlagerte er sein ganzes Körpergewicht auf ihres. Er vergrub sie mit seinen ganzen Körper unter sich und heftete ihre Hände über ihren Kopf fest. Sein Druck war vorsichtig, aber fest genug, dass sie sich nicht befreien konnte. Das Messer hielt sie immer noch in ihren Händen. Er genoss ihren Körper unter seinen. So nah war er Amalia noch nie gekommen. Ihr weiblicher Geruch stieg ihm in die Nase, dabei erzitterte sein Körper, ohne das er etwas dagegen tun konnte.

»Geh runter von mir«, schrie Amalia.

Adan grinste.

»Ich bin gekommen um dich zu beschützen. Du gehörst zu mir, wie der Mond zur Nacht.«

Amalia ließ das Messer aus der Hand gleiten und ertrank in seinen smaragdgrünen Augen.

»Ich kann auf mich selbst aufpassen«, dabei dachte sie darüber nach, ob sie eine Armee aus der Erde erheben sollte, um ihn zu zeigen, wie stark sie in Wirklichkeit war.

Adan kam ihr näher, indem er sich auf seine Unterarme stützte.

»Ich habe dich vermisst.«

Amalia schwieg. Drehte nicht den Kopf weg, als sie merkte, was er vorhatte. Ihr Herz raste.

Adan küsste sie erst zärtlich, dann verlangender. Er konnte einfach nicht widerstehen.

❄ ❄ ❄

Amalias Körper durchflutete ein kribbeln. Sie war seinen Charme schon längst erlegen. Aber sie würde dieser Schwäche nie nachgeben, auch wenn sie diesen Kuss zugelassen und genossen hatte. Sie durfte Adan nicht erlauben, länger ein Teil ihres Lebens zu sein.

Zu sehr liebte sie ihren Vater, auch wenn er wie ein Schatten über ihr lag und sie deshalb jeder wegen ihm hasste. Wenn Adan erfährt, wer sie war, würde er sie auch nicht mehr wollen, egal was er jetzt vorgab für sie zu fühlen.

»Du bist ein Dieb«, fauchte sie, dabei dachte sie mehr an ihr Herz als an den Kuss.

»Und du bist eine Ausreißerin, die ich einfangen musste. Du gehörst jetzt mir.«

»Ich gehöre nicht dir«, protestierte sie.

»Ich wünsche es mir so sehr. Freiwillig, weil du mich so sehr willst, wie ich dich«, flüsterte er ihr ins Ohr.

»Du weißt nicht wer oder was ich bin oder warum ich hier bin. Mein Vater, der Seelenfänger war beauftragt worden Dien zu töten und Mirella für Schejtan den Schattenkönig einzufangen. Als Preis würde meine Mutter von den Toten auferstehen. Ein Angebot, was er nicht abschlagen konnte. Aber als er bei euch im Haus war, bekam er eine Vision. Diese Vision zeigte ihm meine Zukunft und wie sie verfällt, weil ich vorher sterbe. Am Ende musste er sich zwischen mir und meiner Mutter entscheiden. Er hatte sich für mich entschieden.

Wahrscheinlich hatte mein Vater versucht den Schattenkönig zu töten und als es ihm nicht gelungen war, hatte er mich bei euch versteckt. Der Schattenkönig musste seine Pläne ändern. Ihr könnt mir nicht mehr helfen, darum bin ich hier.

Hast du gehört, mein Vater ist der Seelenfänger, der gekommen war, um deinen Bruder zu töten und Mirella mitzunehmen. Der gleiche Seelenfänger, der deinen Vater tötete und deine Mutter verschleppte.«

Amalias Atmung war tief und laut. Adrenalin raste durch ihren Körper. Sie wusste, dass jetzt der Moment gekommen war, der seine Liebe in Hass verwandeln würde. Er würde sie nicht nur hassen, sondern auch verabscheuen und töten wollen. Wie es die ganze verdammte Licht und Schattenwelt tun würde, wenn sie Amalia in die Finger bekommen würden.

»Du bist die Tochter des Seelenfängers?«, stotterte er.

Amalia nickte und schubste Adan von sich herunter. Sie machte sich unsichtbar und floh in den Wald hinein.

Adan blieb geschockt und verwirrt zurück.

Er musste sich alles, was er bisher wusste ins Gedächtnis rufen, denn es machte auf einmal alles keinen Sinn mehr.

Mirella wurde von Pfeilen angeschossen – aber nicht vom Seelenfänger, dass war nicht sein Stil. Also von einem Unbekannten. Schejtan versuchte diesen Anschlag für sich zu nutzen und engagierte den Seelenfänger, der Dien töten und Mirella entführen sollte, während Schejtan einen Lichtbewohner nach dem anderen tötete oder mit dem Schattengift infizierte, um eine Welt des Schattens zu erschaffen. Als der Seelenfänger seinen Auftrag nicht erfüllt hatte, musste sich Schejtan etwas anderes einfallen lassen um Dien zu töten und Mirella auf seine Seite zu ziehen - er erschaffte den Scharphönix und schickte zur Verstärkung Daralius. Dien wollte er mit den mächtigen Waffen töten und Mirella, die durch seine Hand nicht sterben durfte, da ihn sonst sein Sohn auslöschen würde, infizierte er mit dem Schattengift oder mit einem Fluch. Vielleicht sogar mit beidem. Mirella war ohne ihre Heilerkräfte machtlos und verwandelte sich in einem Schatten. Amalia, die Tochter des Seelenfängers hatte alles erkannt, die kleinen Teile wie Puzzle zusammengesetzt und ist jetzt auf den Weg zu den Menschen mit magischen Kräften. Genauer gesagt zu Amaral, der ihr Schutz gegen den Schatten bieten soll.

Warum sollte er ihr helfen?

Wie konnten sie Mirella helfen?

Wer hatte es auf Mirella abgesehen?

Wo ist Mirellas Vater Arthur? Ist er immer noch Mr. Lostsoul?

Adan fiel auf die Knie.

Warum ist Amalia gerade die Tochter des Seelenfängers. Von dem Mann, der ihm seine Familie genommen hatte.

Warum konnte er sie nicht hassen?

Warum wollte er sie immer noch lieben?

Würde sie ihn immer noch lieben können, obwohl er ihren Vater immer noch töten würde, falls er ihm begegnete?

Was sollte Adan tun?

Er entschied sich, ihr zu folgen. Anscheinend wusste sie etwas, was er nicht wissen konnte.

Adan erhob sich.

Amaral

Mirella kämpfte gegen sich selbst. In ihrem Inneren wusste sie, dass irgendetwas nicht stimmte. Sie musste fliehen. Hinein in den Wald, der ihren Namen rief. Sie musste nur auf eine Gelegenheit warten und diese nutzen. Dien schien ihr zu vertrauen und das musste sie für sich ausnutzen.

»Lass mich bitte los. Ich will mich etwas hinsetzen. Ich habe hunger.«

Dien nickte und ging zum Pferd, um dort nach Lebensmitteln, die nicht da waren, zu suchen. Aber er hoffte trotzdem etwas in den Satteltaschen für sie zu finden. Zaubern kam nicht in Frage, sofort würden sie die Schattenkrieger aufspüren.

Das war der Moment, den Mirella für sich nutzen konnte. Sie besaß immer noch ihre Kräfte und diese nutzte sie auch.

»Ein dunkler Nebel mich umhüllt,
den Tag mit schwarzem Nebel füllt.«

Dunkler Nebel stieg vom Boden auf und breitete sich aus. Mirella sprang auf und lief in den Wald hinein, der sie immer noch zu sich zog. Dien folgte ihr. So schnell ließ er sich nicht abhängen, auch wenn Mirella ihre Schattenkräfte nutzte und die Bäume hinter sich einstürzen ließ.

Kurze Zeit später prallte Mirella mit Adan zusammen.

»Was machst du hier?«, fragte Adan.

Ohne zu antworten lief Mirella weiter und ließ Adan stehen.

Er folgte ihr und ihm folgte Dien, der sie eingeholt hatte.

Sie blieben auf einer großen Lichtung stehen. Dort fanden sie Amalia umzingelt von Frauen und Männern, die ihren Kreis öffneten und die anderen drei einluden hineinzutreten. Mirella lief als Erste hinein, dicht gefolgt von Dien und Adan, die sie versuchten vorher aufzuhalten. Mirella war zu schnell. Jetzt standen sie alle zusammen. Der Menschenkreis schloss sich wieder.

»Wir haben euch erwartet«, ertönte eine männliche Stimme.

Ein hochgewachsener Mann, dessen Aura eine beruhigende Wärme ausstrahlte trat einen Schritt nach vorne. Seine aufleuchtenden blauen Augen schienen durch sie hindurch sehen zu können, während das schwarze Haar und der anthrazitfarbene Anzug ihn mysteriös wirken ließen.

»Wer seid ihr?«, fragte Dien, »Warum habt ihr uns erwartet?«

»Ihr seid die Letzten eurer Art. Schejtan hat es geschafft, jeden einzelnen Lichtbewohner zu töten. Jetzt macht er sich auf die Jagd nach den Grauen. Wir wussten, dass ihr kommen werdet.«

»Könnt ihr mir helfen? Könnt ihr uns helfen? Könnt ihr meinen Vater helfen?«, fragte Amalia, die gekommen war, um Hilfe zu suchen.

»Ich bin Amaral. Ihr befindet euch auf dem Land der Magier. Wir sind die Nachkommen einiger Lichtbewohner und Menschenkinder. Wir sind Menschen, die mit den Zauberkräften unserer Väter und Mütter ausgestattet sind. Unsere Kräfte stehen nicht in Verbindung mit euren, da wir nicht zu eurer Gattung gehören. Unsere Zauberkräfte werden schon im Mutterleib an die nächste Generation weitergegeben, dabei spielt es keine Rolle, ob beide Partner oder nur ein Partner über diese Kräfte verfügt. Wir folgen den gleichen Regeln wie die Gestaltenwandler und sind deshalb in ihrem Land willkommen. Manchmal schließen sich auch Ausgestoßenen uns an, da sie bei uns sein dürfen, wer sie sind. Jedes geborene Magierkind hört unseren Ruf. Früher oder später kommen auch sie zu uns.«

Amaral drehte sich zu Amalia.

»Amalia dein Vater ist nicht der Mann der er zu sein scheint. Unter dem Namen Seelenfänger versteckt sich jemand, der mit seinem Handeln größeres Unheil abwenden will. Wenn er einen Auftrag bekommt, versucht er ihn so auszuführen, dass der geringfügigste Schaden entsteht. Er weiß, wenn er es nicht macht, werden andere geschickt, die den Wünschen des Auftraggebers nachgehen werden und zwar nicht zimperlich. Eines Tages sollte er auch uns vernichten - einen nach dem anderen. Schejtan höchstpersönlich hatte ihn diesen Auftrag erteilt. Statt uns zu töten, ließ er uns an diesen Ort verschwinden, der durch einen Zauber geschützt ist, der nur euresgleichen durchlässt, wenn ihr uns nichts Böses wollt. Alle anderen bewegen sich im Kreis, so lange bis sie zurückkehren. Deinen Vater sind wir einiges schuldig, nur darum sind wir bereit uns einzumischen und mit den wenigen Kräften, die wir besitzen euch zu helfen.«

»Wie könnt ihr uns helfen?«, fragte Dien.

»Zuerst müssen wir Mirella heilen. Das Schattengift hat ihren Geist umnebelt und ihre Gedanken eingesperrt. Ihrer Seele konnte er aber nichts antun. Der Schatten lässt sie das glauben, was er will. Schejtans Zauber ist stark, aber nicht stärker als Mirellas. Ihr wahres Ich hatte sie hierhin gebracht, ohne euch dabei zu töten, obwohl das Gift sie immer wieder dazu verleiten wollte. Aber wir sind nicht stark genug dafür. Nur das Licht kann den Bann zerstören und Schejtan aufhalten.«

Alle Zauberer, außer Amaral begannen plötzlich um sie herum zu tanzen und murmelten etwas vor sich her, während Amaral den Zauber laut aussprach:

»Unsere Mütter und Väter sind das Licht,
kommt herbei und zeigt uns euer Gesicht.
Die Toten rufen wir,
kommt zurück zu uns ins jetzt und hier.
Eure Hilfe brauchen wir,
eilt herbei und besiegt mit uns den Schatten und
seine Gier.«

Ein weißer Nebel legte sich über sie und Amarals Stimme füllte die Stille:

»Sie werden euch helfen. Mehr können wir für euch nicht tun.«

Der Nebel löste sich langsam auf und eine Seele nach der anderen kam zum Vorschein, während die Magier verschwanden.

»Das sind die toten Lichtbewohner«, murmelte Dien.

Mirella erhob ihre Hände, um sie mit ihrer Schattenkraft anzugreifen, als sie plötzlich eine Handfläche auf ihrer Schulter spürte. Es war ihre Mutter.

»Der Schatten soll aus dir verschwinden,
du sollst den Hass und den Neid in dir überwinden.
Dein Herz soll sich für dein Volk öffnen,
aus deiner Kraft ihren Mut schöpfen.«

Mirella wurde schwindelig. Ihr wurde heiß und kalt. Erinnerungen durchströmten ihre Gedanken und befreiten sie von dem Schattengift. Ein schwarzer Rauch entströmte aus ihrem Körper und löste sich in Luft auf.

Eine verstorbene Seele nach der anderen wurde vor ihnen sichtbar. Sie hatten alle ihre Zauberkräfte noch bei sich, weil sie es nicht geschafft hatten diese rechtzeitig an eine andere Person weiter zu geben.

»Mutter. Ich dachte du bist zu Vater zurückgekehrt mit seiner Seele?«

Zärtlich strichen Geisterhände Mirellas Gesicht.

»Es tut mir leid. Dein Vater ist verloren. Er hatte seine Seele eingefangen, bevor sie in seinem Körper zurückkehren konnte. Er hat sie irgendwohin weggesperrt. Mich konnte er weder sehen noch hören. Auch du konntest es nicht mehr.«

»Wo ist mein Vater jetzt? Warum hilft er mir nicht?«

Mirellas Mutter senkte ihre schneeweißen Augenlider. Konnten sich sogar Geister schämen?

»Dein Vater hat das hier alles geplant. Er wusste das Schejtan die Gelegenheit nutzen würde, um alle Lichtbewohner anzugreifen, wenn sie verwirrt und ohne Führung sind. Insbesondere wenn er sie mit dem

Schattengift infizieren konnte, um Misstrauen zwischen Ihnen zu streuen. Dein Vater wollte dabei zusehen wie sich alle bekriegen und bekämpfen, bis kaum noch jemand übrig bleibt. Er wollte dir beweisen, dass er im Recht ist und die Welt es verdiente ihn ihrer jetzigen Form zerstört und umgeformt zu werden.«

»Aber wie? Er war nicht einmal in der Nähe gewesen, als ich mit dem Pfeil abgeschossen wurde?«

Mirdessa, Mirellas wunderschöne Mutter lächelte.

»Um sein Ziel zu erreichen, hatte er seinen Spion, der im Lager war, befehligt einen regenbogenfarbenen Pfeil auf dich zu schießen. Dadurch wollte er dich in Sicherheit wissen, wenn alles beginnt. Dein Vater wusste zu genau, dass Dien dich in Sicherheit bringen würde. Gleichzeitig wollte er mit den merkwürdigen Pfeil, der zu niemanden gehörte einen Krieg anzetteln, den du immer verhindern wolltest. Dein Vater wusste, dass dein Großvater nicht widerstehen konnte.

Du solltest mit dem Angriff auf dich niemanden mehr trauen und den Hass gegen alle, den er selbst in sich trägt, in dir nähren bis du so geworden wärst wie er. Insbesondere nach dem dich dein Großvater Schejtan mit dem Schattengift infiziert hatte. Aber im Gegensatz zu ihm hattest du jemanden.

Dien hatte dich nie aufgegeben und hat alles versucht, um dir zu helfen.

Genauso hatte dein Vater auch nicht mit Amalia, Adan und den Zauberer gerechnet, die seinen Plan zerstört haben.

Er dachte, er könnte einfach abwarten, dass alles seinen Lauf nimmt.

Am Ende würde er die letzten Überlebenden von uns töten oder in Seelenlose verwandeln, um seine Herrschaft mit Eis und Schnee und mit dir an seiner Seite neu zu beginnen.

Ich wünschte, jemand wäre damals für ihn da gewesen. Jetzt ist es zu spät. Sein Wunsch nach Rache, nach meinem Tod und deinem Verschwinden ist zu ungeahnter Größe angewachsen. Es wird ihn kaum noch etwas aufhalten können.

Jetzt, wo sein Plan bröckelt, wird er handeln müssen und wir werden nicht nur gegen Schejtan sondern auch gegen ihn kämpfen müssen. Er wird immer noch versuchen, dich auf seine Seite zu ziehen.«

»Mein Vater hat sich für mich nicht geändert? Er hat nur seine Pläne verändert, damit ich nicht in der Schlacht sterbe, so wie ich es ihm geschickt habe?

Er wusste, dass ich bereit war bis zum Tod zu kämpfen.«

Dien schlang seinen Arm um Mirellas Hüfte und zog sie, wie so oft an sich. Seine Wärme tröstete sie.

Plötzlich sprach er einen magischen Zauber:

»Deine Heilerkräfte sollen zu dir zurückkehren,
beschützen sollen sie dich ein ganzes Leben.«

Diens Heilerkräfte wanderte durch einen Energiestrahl zu Mirella zurück.

»Meine Großmutter hat dir diese Kraft geschenkt, nicht mir.«

Mirella lächelte. Dien war der Mann, der immer an erster Stelle an sie dachte und danach an sich. Wer könnte sich nicht in diesen Kerl verlieben, auch wenn ihre gemeinsame Zeit kurz war.

Er war ihr vom Schicksal bestimmter Mann gewesen und nichts könnte das ändern.

»Deine Großmutter wäre stolz auf dich gewesen.«

»Ich bin stolz auf meine Enkelsöhne«, erwiderte eine Stimme hinter ihnen.

»Omama? Du hier?«, stotterte Dien.

»Ich hatte den Ruf nach Hilfe gehört und wusste, dass ich gebraucht werde. Adan, du bist so groß geworden, seitdem ich dich das letzte Mal gesehen habe. Und eure Frauen sind wunderschön. Mirella kenne ich schon und wer ist das?«

»Ich bin nicht. Ich meine wir sind nicht ... «, stotterte Amalia.

»Noch nicht«, korrigierte sie Adan.

Omama lächelte.

»Du musst sie wohl noch von dir überzeugen?«

»Das kann er nicht. Ich bin die Tochter des Seelenfängers. Von dem Mann, der deinen Sohn ermordet hat.«

»Mein Sohn ist nicht Tod. Er ist hier und hat uns zu euch gerufen.«

»Amaral? Er ist ... Er kann nicht mein Vater sein. Ich habe ihn sterben sehen«, erwiderte Adan.

»Du hast gesehen, was er dich hat sehen lassen. Eine Illusion. Dein Vater wurde hierhin gebracht, weil der Schattenkönig seinen Tod wollte. Er konnte sich hier bei den Zauberern, wo ihn Schejtan nie vermuten würde verstecken. Sie haben in Asyl gewährt.«

»Warum hat er dann unsere Mutter entführt?«

»Er musste sie zu Schejtan zurückbringen als Beweis, dass der König Tod war. Sie, deine Mutter ist unsere Spionin in der Schattenwelt. Sie hat euch jeden Abend besucht als ihr geschlafen habt, bis ihr zu alt wurden. Sie durfte auf keinen Fall entdeckt werden und der Schatten durfte keine Erinnerungen an ihre Besuche bei euch finden. Schejtan war zu stark gewesen, sie konnte euch vor ihm und den Albtraumgeistern nicht beschützen, außer sie zeigte ihm ihre Loyalität und das sie ihre Familie vergessen hatte. Dein Vater und sie treffen sich immer noch einmal im Monat heimlich. Ihre Liebe brennt genauso stark, wie am ersten Tag. Wenn wir richtig handeln, können wir eure Mutter endgültig aus Schejtans Händen befreien.«

»Und was ist mit unseren Bruder Daralius?«, fragte Dien.

»Brunder?«, fragte Adan.

»Daralius ist nicht euer Bruder. Er ist der Sohn von Luzan, der Mirellas Mutter getötet hat.«

Jetzt wurde Dien auch einiges klar.

»Amalias Vater ist also auf unserer Seite?«

Omama nickte.

»Das war er schon immer gewesen. Leider konnte er Schejtan nicht töten, um das Ganze hier aufzuhalten. Amalia mein Kind, du bist durch das Schicksal an uns gebunden. Es hat dich zu Adan geführt. Sträube dich nicht vor deinem Glück. Dein Vater wusste um sein und dein Schicksal.«

»Wo ist mein Vater jetzt?«, fragte Amalia.

»Bei deiner Mutter«, antwortet Diens Großmutter behutsam.

Amalia wusste, dass dies bedeutete, dass er Tod war.

»Ist er hier? Sind sie hier? Ich möchte mich von ihnen verabschieden«, schluchzte Amalia, die sich ganz alleine auf diese Welt fühlte.

»Sie haben zu Lebzeiten ihre Kräfte weitergegeben oder sind magielos gestorben. Dadurch sind sie für diesen Krieg nutzlos. Amaral hat nur diejenigen von uns zurückgeholt, die ihre Kräfte noch in sich tragen.«

»Mein Vater hat seine Kräfte nicht weitergegeben, aber du schon«, widersprach Amalia.

»Doch das hat er, bevor er endgültig verschwand. Du hast geschlafen.«

»Mein Vater war bei mir als ich geschlafen habe und hat sich nicht von mir verabschiedet? Das glaube ich dir nicht!«

»Er war bei dir und er hat sich auf seine Weise verabschiedet, als er wusste das die Schatten ihm auf den Versen waren. Er durfte dich nicht in Gefahr bringen.«

»Ich dagegen habe nur einen Teil meiner Kräfte an Mirella weitergegeben. Ich hatte damals keine Zeit gehabt, ihr alle zu übertragen«, antwortet Omama.

Amalia seufzte und kämpfte gegen ihre Tränen an. Noch nie hatte sie jemand weinen gesehen und das sollte heute auch nicht geschehen.

Adan umarmte sie vorsichtig und drückte sie behutsam an sich. Seine Fürsorge brachte ihr Trost.

»Du bist nicht alleine. Ich bin bei dir. Ich werde immer für dich da sein.«

Eine Seele nach der anderen stellte sich zu ihnen und nahm eine feste Körperform an. Es waren Hunderttausende.

»Lasst uns Schejtan und Mr. Lostsoul für immer aufhalten«, schrie Mirella in die Menge.

»Da kommt Schejtan«, schluchzte Amalia, die sich langsam wieder fing.

»Was?«, Mirella drehte sich um und erblickte Schejtan.

Neben Schejtan war ein unbekannter Schattenkrieger. Hinter ihn lief Luzan und sein Sohn Daralius. Wie hatte er sie gefunden und wo waren die anderen? Wahrscheinlich war er ihren Zauber gefolgt, denn sie ausgesprochen hatte, als sie vor Dien geflohen war.

»Was willst du hier?«, fragte Mirella, während alle anderen hinter ihr standen und auf den Befehl warteten, Schejtan töten zu dürfen.

Amalia voran, die von Adan hinter seinen Rücken geschoben wurde.

»Daralius ist euch gefolgt. Eigentlich wollte ich auf diese Weise Dien finden und töten, um dich danach vom Thron zu stoßen, damit du mir dienst. Aber meine Männer sind nach ihren Einsätzen nicht wiedergekommen, nur ihr Anführer hatte es zurückgeschafft. Einer nach den anderen verschwand vor seinen Augen. Bis nur noch wir vier übrig geblieben waren.«

Omama trat nach vorne.

»Du Narr. Arthur dein Sohn, der immer noch Mr. Lostsoul ist, hatte leichtes Spiel mit dir. Der Schatten kann nicht ohne Licht existieren. Für jeden getöteten Lichtbewohner ist einer von deinen Schattenbewohnern gestorben, bis ihr vier übrig geblieben seid, die das Gleichgewicht von Mirella, Dien, Adan und Amalia bilden. Mr. Lostsoul oder sollte ich sagen, dein Sohn hat dich mit deinen eigenen Waffen geschlagen.«

Plötzlich verdunkelte sich der Himmel. Eiskalter Wind zog an ihnen vorbei und erste Schneeflocken fielen ihnen auf das Gesicht.

»Es beginnt wieder«, stammelte Mirella,»mein Vater lässt die Welt wieder unter Eis und Schnee ersticken. Bestimmt hat er bereits eine Armee von Seelenlosen um sich gescharrt.«

Adan lachte plötzlich.

»Die Seelen der verstorbenen Lichtbewohner machen sich auf den Weg, um gegen die Seelenlosen zu kämpfen. Irgendwie verstörend. Findet ihr auch?«

Kaum hatte Adan dies ausgesprochen löste sich eine Seele nach der anderen auf.

»Dein Vater trennt die Seelen von den Körpern und schickt sie weg. Da wir Seelen sind geschieht das gleiche auch mit uns, ob wir es wollen oder nicht«, kaum hatte Omama dies ausgesprochen löste sie sich langsam als einer der Letzten auf.

»Na toll«, knurrte Amalia, »mein Vater ist Tod, alle Licht und Schattenbewohner sind Tod und wir acht sollen ganz alleine, gegen Mr. Lostsoul, der alles so geplant hatte, ankämpfen.«

Mirella trat nach vorn.

»Wo könnte er sich verstecken? Wo könnte er seine Seele weggesperrt haben?«

»Wir müssen nur abwarten, er wird zu uns kommen. Er wird einen nach dem anderen Töten, bis nur noch du am Leben bist Mirella«, knurrte Schejtan.

»Du hast meine Mutter getötet. Du und Luzan. Der Tod ist noch zu gnädig für euch!«, fauchte Mirella.

»Wenn sie sterben, dann sterben wir auch«, erwiderte Adan.

Mirella schnaubte.

»Er will mich. Nicht euch. Bleibt hier. Im Land der Gestaltenwandler und Zauberer seid ihr erste einmal sicher«, sagte Mirella anschließend.

»Mirella hat recht, wenn wir sterben, dann erlischt das Gute und das Böse für immer und nur eine Leere bleibt übrig«, mischte sich Amalia ein.

»Ihr könnt hier bleiben. Ich gehe mit Mirella«, entgegnete Dien.

»Wenn ihr beide sterbt, dann werden zwei von uns sterben und ich lasse es nicht zu, dass es meinen Sohn Daralius trifft«, sagte Luzan.

Mirella funkelte Luzan an. Er tötete ihre Mutter und erwartete jetzt von ihr Verständnis.

»Wenn wir hier bleiben, ist es nur eine Frage der Zeit, bis mein Vater Mr. Lostsoul uns hier findet und alle, vielleicht sogar mich tötet.«

Schejtan nickte.

»Mirella hat recht, auch wenn ich es ungern zugebe. Wir sollten ihr alle unsere Gaben übertragen, damit sie stark genug ist, um meinen Sohn Mr. Lostsoul aufzuhalten. Ohne Zauberkräfte und als einfache Menschen wären wir hier sicher«, sagte Schejtan und fügte hinzu, »zumindest so lange bis Mr. Lostsoul uns unter Schnee und Eis ersticken lässt oder uns zu Seelenlosen macht.«

»Ich bezweifle, dass er zu dir und mir so gnädig sein würde. Wenn er uns hier findet, sind wir auf alle Ewigkeit verflucht, Schmerzen zu ertragen«, sagte Luzan.

»Schmerzen die er ertragen musste, als du seine Frau getötet hattest und er zu dem Monster wurde, dass er jetzt ist«, fauchte Mirella.

Dien knurrte und machte sich bereit, Mirella mit seinem Leben zu verteidigen.

»Ich finde Schejtan hat recht«, mischte sich Adan ein, bevor die Situation außer Kontrolle geriet, »lasst uns unsere Kräfte auf Mirella übertragen und hoffen, dass sie es schaffen wird, Mr. Lostsoul erneut zu stoppen. Wir sollten es schnell tun, solange wir noch welche haben.«

»Ich bleibe dabei. Ich lasse Mirella nicht ohne mich gehen.«

»Wie du willst. Wahrscheinlich wird Mirella Unterstützung gut gebrauchen können.«

Alle, außer Dien bildeten einen Kreis um Mirella und sprachen im Chor.

»Meine Kraft übertrage ich dir,
in diesem Moment – jetzt und hier.
Solltest du erliegen,
die Kräfte zu mir sollen danach zurück fliegen.«

Auf Mirella trafen zwei Licht und vier Schattenstrahlen.

Sie fühlte in sich die neuen Kräfte. Die blauen Flammen ihres Großvaters nahmen sie in Besitz.

Blaue Eisflammen tanzten über ihren Körper und drohten alles um sie herum zu zerstören.

»Mirella«, hörte sie Dien ihren Namen rufen.

Sie schloss ihre Finger zu Fäusten und die Flammen erstickten auf ihren Körper.

»Lass uns gehen. Ich spüre seine Kälte. Er ruft nach mir.«

»Wir nehmen Sesam«, sagte Dien.

Mr. Lostsoul
Rückkehr

Beißend kalter Wind ließ sie auf den Rücken des Pferdes erzittern. Dien drückte sich ganz fest an Mirella und versuchte ihren Körper, der vor ihm saß, mit seinen zu erwärmen. Dabei fiel ihm ein, wie es war, als er sie zum ersten Mal gesehen hatte.

Ihr Körper war nass und eiskalt vom Schnee gewesen. Er hatte sie damals für einen jungen Mann gehalten.

Als er sie ausgezogen hatte, um ihr seine Kleider anzuziehen, erkannte er sie als junge Frau. Seine Wangen erröteten, als er sich das Bild ihres zitternden Körper vor dem Kaminlicht vorstellte. Er dachte an ihre süßen Küsse, die immer nach Obst geschmeckt haben. Er zog ihren Duft ganz tief in sich ein.

Bedauerte, dass sie nicht länger Zeit miteinander hatten, um ihre Liebe zu vertiefen. Er nicht mehr Stunden zur Verfügung hatte, um ihre Wünsche zu erfüllen.

Nur jemand, der an die Liebe glaubte, nein an einen Seelenverwandten, konnte verstehen, wie er so verrückt sein konnte nach Mirella. Er schmiegte sich noch fester an sie. Dien wusste, dass jetzt die Zeit gekommen war, die alles ändern würde. Er spürte es. Würde er sterben?

❄ ❄ ❄

Mirellas Augen strichen über die schneebedeckten Landschaften unter ihr.

Erste Eiszapfen bildeten sich an den Ästen der Bäume und ließen ihre Früchte erfrieren. Das Gras schimmerte in einem weiß, welches einen in den Augen schmerzte. Die Flüsse kämpften gegen die Kälte an, die sie einzufrieren drohte. Die Tiere erfroren langsam und ihre Körper wurden von einer Eiseskälte umhüllt.

Über den Städten sah Mirella die Menschen plündern, streiten, weinen oder fliehen. Manche hatten bereits jetzt aufgegeben und saßen regungslos auf den Straßen. Sie erkannte die ersten seelenlosen Körper, die sich zwischen ihnen bewegten. Ihre Gesichtsausdrücke waren leer. Ihre Haut trocken. Ihre Haare fielen bereits jetzt in Büschel aus. Nicht mehr lange und sie würden einen Menschen nicht mehr ähneln. Sie wusste, dass sie schnell handeln musste und das nicht mehr lange Zeit blieb.

Sie spürte, wie Diens Körper sich immer fester an ihren drückte. Seine Nähe brachte ihr nicht nur die Wärme, die sie so dringend brauchte, sondern auch das Gefühl, geliebt zu werden. Eine Liebe, die Könige und Königinnen beneiden würden.

Sein männlicher Duft stieg ihr in die Nase. Mein, dachte sie. Was würde sie tun, wenn Dien etwas zustoßen würde? Sie schüttelte den Gedanken ab. Nein, das würde sie nie zulassen.

»Mirella, komm zu mir«, hörte sie plötzlich die Stimme ihres Vaters, die nach ihr rief, als sie über Mungomonien flogen.

Sesam landete auf Mirellas Befehl hin, mitten in der Stadt. Sie wurden sofort von Frost, seinen Kinder - den Eiszwergen und den abtrünnigen der Lichter und der Schattenwelt umzingelt.

Sie waren Abtrünnige, die ihre Treue mit ihren Seelen bezahlen mussten. Sie waren davon überzeugt gewesen, dass ein Leben ohne störende Gefühle für sie die richtige Wahl gewesen war.

Beide stiegen schweigend ab. Mirella wusste, dass ihnen nichts passieren würde. Ihr Vater war klug genug gewesen, um zu wissen, dass er sie mit Diens Tod für immer verlieren würde.

»Er erwartet euch schon«, knurrte Frost und stieß sie nach vorne.

Mirella erhob ihr Kinn aus Trotz, während Dien Frost anknurrte wegen seines Verhaltens gegenüber Mirella.

»Fass sie noch einmal an und du wirst dir wünschen, nie erschaffen worden zu sein.«

Frost grinsen wirkte nicht nur kalt, sondern auch berechnend. Mehr bekam Dien nicht als Antwort.

Sie wurden durch das gleiche Haus und den bekannten Reisetunnel zu Schejtans Thronsaal geführt.

Triumphierend, auf dem Thron seines Vaters, saß Mr. Lostsoul - der einst Arthur ihr Papa war.

Ein Vater der seine kleine Familie liebte und niemals der sein wollte, der heute vor Mirella saß.

»Sag mir Tochter. Ist mein Vater stolz auf mich? Er wollte immer, dass ich zu ihm zurückkehre und den Thron nach ihm besteige. Er war dafür sogar bereit gewesen, deine Mutter und dich zu töten. Ich hätte nie gedacht, dass du dich auf seine Seite schlägst.«

»Ich bin nicht auf seiner Seite. Ich bin auf der Seite der Unschuldigen, die sterben und leiden mussten. Ich bin gekommen um dich aufzuhalten.«

Mr. Lostsoul lehnte sich zurück, der schwarzen Thron, der aus Stein zu bestehen schien, knackte unter seiner Last. Er lachte laut auf. Seine Augen verdunkelten sich vor Abscheu.

»Auf der Seite der Unschuldigen? Keiner von ihnen ist unschuldig. Habe ich es dir nicht bewiesen? Konnte ich dir nicht die Augen öffnen? Du würdest für sie sterben, aber ich war nicht bereit gewesen, noch meine Tochter wegen ihnen zu verlieren. Das wusste ich, nachdem du mir die Vision geschickt hattest und ich mein Leid bis ins Mark neu spüren durfte. Schmerzen, die mich daran erinnerten, dass du nicht sterben durftest. Wenn du Tod wärst, würde ich die Welt nicht unter Schnee und Eis ersticken lassen, sondern sie ohne Hoffnung auf eine zweite Chance für immer zerstören und ich würde mit ihr sterben.

Und wer ist an allem schuld?

Lichtbewohner, die so gut sein sollen, schauen immer wieder weg, wenn der Schatten kommt und sein Unglück über dich bringt.

Die Schatten so selbstsüchtig, so machthungrig, dass sie sogar ihre Kinder ins Unglück reißen.

Die Menschen, die von mir seelenlos gemacht werden müssen, damit Licht und Schatten für immer auf dieser Welt ausgelöscht werden, genauso wie ihre Brut. Das Leben erschaffe ich für dich Mirella neu. Eine Welt ohne Schmerz und Leid.«

»Aber auch ohne Liebe und Freude«, antwortete Mirella.

Mr. Lostsoul sprang auf und machte eine Handbewegung in Diens Richtung, der hinter Mirella stand. Ein riesiger Eispflock wuchs aus der Wand heraus und durchbohrte Diens Herz. Er sackte vor ihr zusammen und sein letzter Blick galt ihr, bevor er endgültig zu Boden fiel.

Mirella warf sich auf die Knie. Schluchzte und schrie vor Schmerz und Kummer. Nahm Dien in ihre Arme. Küsste sein Gesicht. Rüttelte an Dien und hoffte er würde die Augen erneut aufschlagen. Rief immer wieder seinen Namen, in der Hoffnung er würde sie erhören. Egal was auch sie auch tat, er wachte nicht auf. Ihr blieb nichts anderes übrig als seinen noch warmen Körper an ihren zu drücken und zu weinen.

Würden seine zarten Lippen, ihre nie mehr küssen. Seine beschützenden Arme, sie nie mehr halten? Seine Worte, sie nie mehr trösten? Würden sie nie mehr in ihrem Leben lieben?

»Vielleicht verstehst du mich jetzt Tochter?«

Schmerz. Mirella konnte kaum Atmen. Sie konnte nicht begreifen, warum sie leiden musste.

Heilerkräfte, dachte sie, ihre Heilerkräfte holen ihn zurück.

Glühende Hände legten sich auf seinen Oberkörper, ließen seinen Körper zittern, aber wiederbeleben konnten sie ihn nicht. Es war zu spät. Sein Herz konnte nicht mehr schlagen.

»Was hast du getan?«, schrie sie.

»Was mein Vater mit mir getan hat. Er hat mir alles genommen was ich liebte. Hass konnte den Schmerz nicht löschen. Aber wenn ich deine Seele vom Körper entzweie, dein Herz zum stehen bringe, wirst du den Schmerz loswerden und Gleichgültigkeit wird in dir Leben.«

Mirella schluchzt. Immer noch unfähig zu antworten. Selbst wenn sie ihren Vater töten könnte, würde es weder Dien noch die anderen zurückbringen. Wenn ihr Papa sterben würde, dann würden ihm alle anderen auf dieser Welt folgen. Wahrscheinlich alle, außer ihr. Blaue Eisflammen loderten stellenweise auf ihrer Haut. Wut, Kummer und Hass brachten sie zum brennen. Mirella dachte über ihre Situation nach. Suchte krampfhaft nach einer Lösung, wie sie sterben und alle anderen retten konnte. Sie besaß ihre eigenen Kräfte und die von acht anderen Schatten und Lichtkämpfer. Sie war stärker als ihr Vater und alles was er erschaffen hatte. Aber gleichzeitig auch machtlos etwas zu ändern. Nein, flüsterten ihr die blauen Flammen zu, die nicht bereit waren mir ihr zu sterben. Mirella spürte die Kräfte in ihr wachsen. Sie wurden durch ihre Gefühle genährt. Es gab nur eine Lösung, um alle wieder ins Leben zurückzuholen und ihren Vater für immer aufzuhalten. Sie musste ihre ganzen Kräfte bündeln, sie in sich verstärken, was einer ihrer natürlichen Gaben war und damit ein Loch in die Zeit reisen, um ihren Vater dort hin zurückzubringen, wo alles begonnen hatte.

Mirella sah noch einmal zu Dien.

»Wir werden uns wiedersehen. Das Schicksal hat dich für mich erwählt.«

»Lass mir dir helfen Mirella. Lass mich deinen Schmerz nehmen«, sagte Mr. Lostsoul gefühlvoll, als ob er sie damit überzeugen konnte.

Mirella schwieg und bündelte ihre Kräfte in sich. Die blauen Eisflammen loderten auf ihrer Haut und stiegen in die Höhe, so lange bis sie von ihnen umhüllt wurde und

Mirella selbst zu einer riesigen blauen Flamme wurde. Eine Flamme, die darauf wartete, entladen zu werden.

Ihre Stimme brach die Stille:

»Hör auf meine Worte,
ich öffne für dich die Zeitpforte.
Kehre zurück,
verhindere Mutters Tod und dein Unglück.«

Mr. Lostsoul war im nächsten Augenblick verschwunden, wie alles andere, was in diesem Moment, an diesen Ort, zu dieser Zeit, existierte.

Das Ende des Anfangs

Mr. Lostsoul wurde von Mirella in der Zeit zurückgeschickt. Nicht er im eigentlichen Sinne, sondern seine Seele, die eingesperrt gewesen war.

Niemand sollte dazu in der Lage sein, nicht einmal seine Tochter. Sie musste unglaubliche Mächte in sich getragen haben. Sie hatte Mr. Lostsoul durch diesen Zauber sterben lassen und Arthur war wieder zurück.

Zurück bei seiner Familie, als die Welt für ihn in Ordnung war und er noch nicht Mr. Loustsoul war.

In der Küche hörte er seine Frau singen. Es war das Lied, dass sie immer ihrer Tochter vorsang, während sie essen zubereitete.

Mirdessa liebte es, wie ein Mensch zu leben, damit wurde sie für die magischen Wesen dieser Welt unsichtbar.

Arthur konnte nicht glauben, dass er eine zweite Chance bekommen hatte. Nicht einmal er war in der Lage gewesen, die Zeit zu beeinflussen. Nicht in der Lage gewesen, dass Geschehene ungeschehen zu machen.

Er trat in die Küche hinein und sein Herz blieb fast vor Glück stehen. Schmerz und Freude mischten sich in seiner Brust.

Er hatte wieder Gefühle? Sein Herz schlug erneut für seine Familie?

Mirdessa drehte sich zu Arthur um und lächelte. Sein Herz raste vor Aufregung. Er hatte sie seit Jahren nicht gesehen. Nicht gehört. Nicht gehalten und geküsst.

Ihr Lächeln erwärmte seine Seele. Brachte ihm Frieden. Er liebte sie so sehr.

Sie hielt inzwischen ihre Tochter Mirella in den Armen. Die ein Ebenbild ihrer Mutter war. Die den Verstand und das Herz von ihr in sich trug. Du bist so stark meine kleine Tochter, dachte er.

»Mirella, schau mal, da ist dein Papa. Was machst du hier? Müsstest du nicht arbeiten?«, fragte Mirdessa interessiert.

»Arbeiten? Ich habe mir heute freigenommen. Mirdessa bitte bring unsere Tochter nicht weg. Bitte trenne mich nicht von ihr«, stammelte er plötzlich.

Mirdessas Gesichtsausdruck änderte sich. Sie runzelte ihre Stirn.

»Woher weißt du das?«, fragt sie bestürzt.

»Ich werde unsere kleine Familie beschützen. Ich werde nie zulassen, dass euch etwas geschieht.«

»Dein Vater will Mirellas Tod! Du weißt es noch nicht, aber ich. Meine Schwester hatte es mir heute Morgen erzählt. Seit dem Augenblick denke ich über Mirellas Schicksal nach und ob ich sie in einer kinderlosen Familie verstecken soll. Ich könnte mir nie verzeihen, wenn ihr etwas zustoßen würde«, antwortet Mirdessa.

»Mein Vater wird unsere Familie nie angreifen. Er weiß, wozu ich in der Lage wäre, wenn er es wagen würde, euch ein Haar zu krümmen. Er wird wohl mit seiner weißen Strähne leben müssen. Vertraust du mir?«

Mirdessas Augen glänzten. Sie versuchte ihre Tränen zurückzuhalten. Sie wusste, dass er jedes Wort ernst meinte.

»Ich vertraue dir. Mirella vertraut dir.«

Arthur lächelte und nahm Mirdessa in seine Arme. Wie lange musste er auf diesen Augenblick warten. Einen Moment den er damals nicht einmal zu träumen gewagt hatte. Ihre Wärme war so real wie er selbst. Er küsste ihre vollen Lippen und nahm ihr danach seine Tochter Mirella ab.

»Ich pass auf sie auf bis du fertig bist. Nach dem Essen möchte ich mit euch einen Ausflug machen und die Sonne genießen. Hast du Lust auf einen Zoobesuch?«

Mirdessa lächelte und Arthurs Glück war vollkommen. Er hatte nicht vergessen, dass sie Tiere liebte.

Er trug das kleine Bündel mit sich ins Wohnzimmer und sprach mit seiner Tochter, während seine Frau in der Küche zurückblieb.

»Mirella, du hast meine Seele und unsere Familie gerettet. Ich werde dafür sorgen, dass du beschützt und glücklich aufwächst. Ich habe dir Dien genommen und ich werde ihn dir wieder zurückbringen, dass verspreche ich dir.«

Mirella lächelte ihn an, als ob sie seine Worte wirklich verstanden hatte. Die Sonnenstrahlen tanzten auf ihrem Gesicht, während ihre blauen Augen ihren Vater bewunderten.

»Natürlich so bald du alt genug dafür bist, sagen wir mit dreißig Jahren? Schau mich nicht so an. Mit zwanzig? Ja? Früher will ich dich mit niemanden teilen. Einverstanden? Ach ja und um die anderen Sachen werde ich mich auch noch kümmern. Dien wird nie seine Eltern verlieren und

Adan soll seine Amalia auch bekommen. Du lächelst immer noch mein kleiner Engel. Also ist es abgemacht. Ach da wäre noch etwas. Unser kleines Geheimnis werden wir deiner Mutter nie erzählen. Sie sollte nicht wissen, dass ihr Ehemann zu einem seelenlosen Monster geworden ist. Das hätte sie nie für mich gewollt. Gut, wenn du dich an deinen Teil der Abmachung hältst, dann halte ich mich auch an meinen und gleich morgen Früh fange ich damit an.«

Plötzlich stand Schejtan, Arthurs Vater und König über alle Schatten vor ihm.

»Was machst du hier?«, flüsterte Arthur, damit ihn Mirdessa, die immer noch in der Küche sang nicht hörte.

»Ich habe Mirellas Erinnerungen in meinen Eisflammen gesehen. Du weißt, sie zeigen mir alles, was meine Schatten sehen oder machen und in diesem Fall wie sie von Mirella genutzt wurden. Jetzt weiß ich, was passieren wird, wenn ich deine Frau und Tochter töte oder zu töten versuche. Du hast wirklich geschafft alle zu vernichten, inklusive meiner Schatten. Ich werde mir die weiße Strähne erst einmal schwarz färben müssen. Ist auch eine Methode sie loszuwerden. Bestimmt effizienter, als Mirella und deine Frau Mirdessa zu töten, die Schuld daran sind. Ich hoffe, dass das Gute, was von ihnen kommt und sie mir beschert hat nicht noch mehr verursachen wird. Immer noch kann ich meine Herrschaft als Schattenkönig halten. Eine weiße Strähne lässt sich leicht verstecken. Aber wenn deine Tochter alt genug ist, wird sie an deiner Steller auf meinen Thron sitzen und die Schatten befehligen. Die Flammen haben sie als Königin akzeptiert. Dann wird der Moment kommen, dass das Böse in ihr die Oberhand übernimmt.«

Bevor Arthur etwas antworten konnte verschwand Schejtan und er würde ihn viele Jahre nicht mehr wieder sehen. Arthur war sich sicher, dass er in seinem dunklen Loch auf eine Gelegenheit warten wird, um sein Versprechen wahr werden zu lassen. Bis dahin schickt er den einen oder anderen Albtraum oder Grübler zu ihnen, nur um aus Spaß, streit zwischen ihm und seiner wunderschönen Frau Mirdessa zu streuen, der wegen ihrer Liebe nie lange halten wird. Er schaute erneut seine Tochter an und lächelte.

»Du bist wie deine Mutter, nichts wird dich davon abbringen das Richtige zu tun. Was wäre diese Welt ohne dich. Was wäre ich ohne deine Liebe?«

Epilog

Mirella wuchs als Tochter eines Schattenprinzen und einer Lichterfee behütet zwischen den Menschen auf. Manchmal besuchte sie ihr Großvater in ihren Träumen und versuchte sie anzustiften. Ab und zu tauchte er auch tagsüber auf und zeigte sein Gesicht in den vielen kleinen, aber bösen Dingen, die ihr im Leben begegneten. Es machte ihm Spaß, sie herauszufordern. Mirella war nicht dumm gewesen, sich in Machenschaften aus Eifersucht und Neid einwickeln zu lassen. Ihre Eltern hatten sie immer vor Schejtan gewarnt. Sie wollte nicht zu ihm gehören. Ihr Platz war hier unter den Menschen, bei ihren Eltern.

Doch was Mirella wollte, schien Schejtan nicht zu kümmern. Er wartete, wie ein Raubtier auf den richtigen Moment, um zuzuschlagen.

✳ ✳ ✳

Inzwischen waren zwölf Jahre vergangen, als ihr Vater zu ihr ins Zimmer kam.

»Deine Kräfte erwachen, du wirst jeden Tag stärker. Amaral, König des Lichtes und ich haben vor kurzer Zeit eine Art Magieschule eröffnet. Sie steht in der

Menschenwelt. Dort sollen alle Kinder gehen, die gemischte Eltern haben z.B. Graue, Magier oder Hexen. Ich habe beschlossen, dass du dort auch mit seinen Kindern unterrichtet werden sollst. Er hat eine wundervolle Tochter und zwei nette Jungs. Sie heißen Safa, Dien und Adan.«

»Was ist mit meiner Menschenschule? Wo ist die andere Schule? Wer sind die Grauen, Magier oder Hexen?«

»So viele Fragen. Ich werde einen Zwilling von dir erschaffen, der wird für dich in die Menschenschule gehen, damit will ich auch deinen Großvater Schejtan austricksen. Der Zwilling erscheint genau bei Schulbeginn und verschwinden bei Schulschluss, ohne dass es jemand mitbekommt. Natürlich wird er die gleichen Noten wie du schreiben. Vielleicht eine Note besser. Die andere Schule steht hier ganz in der Nähe. Genauer gesagt, ist es das Gebäude neben uns. Ich habe das Haus gekauft, damit du nicht so weit laufen musst.«

»Papa«, mahnte Mirella ihn.

Arthur lächelte.

»Das Haus neben uns ist doch viel zu klein, um eine Schule zu sein.«

»Du vergisst, dass ich der Schattenprinz bin. Meister aller Täuschung. Es ist nur äußerlich klein. Im Inneren passen mindestens zwanzig Klassen. Mit dir gehen nicht nur die Kinder von Amaral zur Schule, sondern auch andere Kindern, dessen Eltern aus Licht und Schatten bestehen. Sie werden Graue genannt und natürlich mit Kinder von Menschen und Licht oder Schattenbewohnern, also Hexen und Zauberer. Eigentlich werden sie so nur von den Menschen selbst genannt. Wir nennen sie lieber magische Menschen.«

»Es gibt noch mehr von uns?«

»Ich weiß, dass man immer das Gefühl hat, allein zu sein. Aber es gibt ganz viele von uns. Sogar die Lehrer bestehen aus den Grauen und magischen Menschen. Damit wollen wir eine starke Gemeinschaft bilden und uns in der Not helfen. Wir wollen es Schejtan - deinen Großvater mit unserer Gemeinschaft schwer machen. Er soll sich an unserem Bündnis die Zähne ausbeißen. Morgen früh startest du in der fünften Klasse mit dem Unterricht. Es gibt Fächer wie Zauberei oder Geschichte.«

Mirella freute sich. Endlich würde sie andere Kinder treffen, die so waren wie sie.

❄ ❄ ❄

Die Sonne schien heiß an den Morgen, als sich Mirella auf den Weg zur Schule machte. Dank ihres fürsorglichen Vaters konnte sie ordentlich ausschlafen. Er hatte das Schulgebäude tatsächlich Amaral - Arthur Schule genannt. Mirella wunderte sich, dass er seinen Namen nicht voran gesetzt hatte. Es wäre typisch für ihn gewesen, wenn die Schule den Namen Arthur - Amaral oder nur Arthur tragen würde.

Das lebendige Haus ließ nur Graue oder magische Menschen rein. Reinrassige Wesen, so wie es ihre Eltern waren, kamen nicht ins Gebäude. Genauso wie Menschen.

Natürlich gab es ein Hintertürchen, welchen sie im Notfall nutzen konnten, aber dieses Geheimnis hatten ihre Eltern nicht einmal Mirella enthüllt.

Jeder, der dem Gebäude oder den Kindern zu nahe kam, wurde von dem Haus zurückgeworfen und mit einem Vergessenheitszauber belegt, falls er überhaupt durch den Schutzzauber kam.

❄ ❄ ❄

Für Mirella öffneten sich die schweren Türen. Sie trat in ein helles Gebäude ein, dessen Decken bereits höher waren als das Haus selber. Ihr Vater hatte nicht gelogen, unzählige Kinder liefen die Flure entlang und suchten ihre Klasse. Dabei sahen sie ganz gewöhnlich aus, so wie ihre menschlichen Freunde.

Plötzlich sprach sie ein älteres Mädchen an.

»Du musst Mirella sein. Ich habe dich in meinen Visionen gesehen«, sagte sie.

Mirella sah zu ihr hoch. Ihre weißen Haare und hellblauen Augen erinnerten sie an einen Engel. Sie hob sich dadurch von den anderen Kindern ab.

»Ich bin Mirella. Arthurs Tochter. Wer bist du?«

»Ich bin Safa. Die Tochter von Amaral. Meine Brüder müssten auch gleich kommen. Ich habe dich in meiner Vision gesehen.«

»Was hast du dort gesehen?«

»Das wir Freundinnen werden«, verkündete sie lachend.

»Das finde ich schön. Du kannst also in die Zukunft sehen?«

»Ja, das kann ich. Und da kommt schon Hubertus. Er läuft mir immer hinterher. Ich befürchte, ich werde ihn auch in der Zukunft nicht entkommen können.«

Beide Mädchen lachten.

»Ich suche die fünfte Klasse von Frau Müll. Ich meine Frau Müller. Weißt du wo sie ist?«, fragte Mirella.

Bevor Safa darauf antworten konnte, hörten sie eine Stimme hinter sich.

»Hallo. Ich bin Amalia und gehe auch in die fünfte Klasse bei Frau Müller. Sollen wir gemeinsam die Klasse suchen?«

Mirella nickte, als auch Hubertus sie eingeholt hatte. Seine dunkelgrünen Augen fixierten Safa. Nervös strich er sich die schwarzen Haare aus dem Gesicht.

»Safa wir beide gehen doch zusammen in die gleiche Klasse bei Herrn Meves.

Gehen wir zusammen dort hin?«

Safa verdrehte die Augen.

»Wenn es sein muss. Da kommen meine Brüder«, rief sie und zeigte hinter Mirellas Rücken.

Mirella drehte sich um. In diesem Augenblick schubste Adan seinen Bruder Dien und Mirella prallte mit ihm zusammen. Es war keine gute Idee gewesen am Eingang der Schule stehen zu bleiben, begriff sie gerade.

Als sie die Köpfe gleichzeitig hoben. Blickte Mirella in vertraute smaragdgrüne Augen. Sein dunkelbraunes Haar war zerzaust gewesen. Im Hintergrund hörte sie Amalia mit Adan zanken. Sie warf ihm vor ein Idiot zu sein, während Adan sie eine Zicke nannte.

Dien dagegen lächelte sie verlegen an.

»Tut mir leid. Ich wollte dir nicht wehtun. Darf ich es wieder gut machen, indem Adan und ich euch zum Klassenraum begleiten?«

Personenverzeichnis

Hauptprotagonist Mirella:
Tochter vom Schatenprinzen Arthur und der
Licherfee Mirdessa.
Ihr Großvater ist Schejtan. König vom Schattenland.
Aussehen: fuchsrotes, langes Haar. Hellblaue Augen.

Dien:
Mirellas Partner, der sie begleitet.
(Thronfolger des Lichtlandes, nach Amarals Tod)
Sohn eines Lichtkönigs und
einer Schattenmutter.
Aussehen: hellgrüne Augen, längeres
dunkelbraunes Haar -
trägt gerne altmodische Kleidung.

Arthur / Mr. Lostsoul:
Mirellas Vater. Sohn von Schejtan, den Schattenkönig
und einem Sternenkind.
Aussehen: schwarze Haare, schwarze Augen.

Mirdessa:
Mirellas Mutter: Tochter von Lichtkämpfern.
Aussehen: fuchsrotes Haar, hellblaue Augen.

Schejtan:
Mirellas Großvater. König der Schatten.
Aussehen: älteres Ebenbild von Arthur (schwarzes Haar und düstere Augen).
Weiße Strähne im Haar, nach Mirellas Geburt.

Amaral:
Diens Vater. Sohn von Lichtkönigen.
Aussehen: schwarze Haare, hellblaue Augen.

Omama:
Diens Großmutter. Mutter von Amaral.
Aussehen: sehr kleine - alte Frau mit grauen - kurz gelockten Haaren und einer schwarz umrandete Brille mit dicken - runden gläsern, wirkt - als ob sie Lupen statt Gläser tragen würde.
Dunkelblaue Augen.

Scharphönix:
Schejtans Schöpfung, um Mirella zu überlisten.
Aussehen: mächtige Gestalt, fletschende lange Zähnen, Körper ähnelt einen Drachen mit spitzen hochgewachsenen Stacheln, und löwenähnlichen Beinen. Flügel aus bunten Federn.

Daralius:
Luzans Sohn, der Mirellas Mutter getötet hat.
Schattenkrieger. Untergebener von Schejtan.
Aussehen: langer schwarzer Mantel, pechschwarzes - sehr kurzes Haar, düsteren Augen.

Adan:
Diens jüngerer Bruder. Unbändige Frohnatur.
Diens Augen und Ohren, sowie Heerführer und
Krieger, beliebt bei Frauen.
Aussehen: Grübchen, schmächtiger und kleiner als
Dien, hellgrüne Augen, dunkelbraunes Haar.

Amalia:
Tochter des Seelenfängers.
Aussehen: kleiner als Mirella, grüne Augen mit braunen
sprenkeln, goldenes Haar.

Seelenfänger:
Vater von Amalia. Grauer, der Kopfgeldjäger ist.
Aussehen: aschfahles Gesicht, längeres
pechschwarzes Haar, hellgrüne Augen.

Safa:
Diens und Adans Schwester. Orakel.
Aussehen: langes weißes Haar und hellblaue Augen.

Luzan:
Schejtans Spion und Schattenkrieger. Früher
Arthurs bester Freund (Mirellas Vater). Mörder
von Mirellas Mutter Mirdessa.
Aussehen: schwarzes Haar und pechschwarze Augen.